# 나를 꿈꾸는 나

# 나를 꿈꾸는 나

1판 1쇄 발행 2022년 4월 20일

지은이 오송례
발행인 이선우
펴낸곳 도서출판 선우미디어
등록 | 1997. 8. 7 제305-2014-000020
02643 서울시 동대문구 장한로 12길 40, 101동 203호
☎ 2272-3351, 3352 팩스: 2272-5540
sunwoome@hanmail.net


값 13,000원



ISBN 978-89-5658-697-7 03810

오송례
수필집

# 나를 꿈꾸는 나

선우미디어 sunwoomedia

# 프롤로그

내가 지금까지 글쓰기를 하며 사는 이유는 사람과의 인연 때문이라고 해야 할 것 같다. 나는 남들처럼 청소년 시절에 많은 책을 읽지 못했다. 글쓰기를 좋아했던 기억도 없다. 그럼에도 나는 지금 글을 쓰고 있다. 삶이 자신이 의도한 대로만 흘러가지 않듯이, 수필도 내 의도와 상관없이 운명처럼 만나게 되었다. 살아가면서 만나게 되는 수많은 인연 중 하나처럼….

수필을 처음 만났을 때 그것은 내가 넘어설 수 없는 산처럼 느껴졌다. 나에겐 남에게 드러낼 만한 지식도, 풍부한 경험도, 뛰어난 글재주도 없다. 그럼에도 주위에서 격려를 아끼지 않아서 수필과 인연을 끊지도 못했다.

글 쓰는 게 힘들었던 것은 외면하고 싶은 과거의 기억들이 떠올랐기 때문이다. 그런데도 수필에 등 돌리지 못한 것은 만나는 사람들이 좋아서였다.

내 안의 나를 드러내는 과정은 많은 용기를 필요로 했다. 과거의 기억을 양파 껍질을 벗겨내듯 하나하나 벗겨내고 보니, 한없이 부끄럽고 무겁게 느껴지던 지난 삶이, 평범한 일상처럼 느껴졌다. 무슨 일인지 모르겠다. 이제 지난날의 내 모습과 안녕을 고해야겠다. 사람은 누구나 지문처럼 주어진 자신의 삶을 자신의 방식대로 살아갈 뿐이다.

한 번도 내가 쓴 글을 책으로 엮어낼 생각을 하지 못했다. 세상에는 읽기 좋은 책이 넘쳐나고, 내 글은 소소한 일상으로 세상 밖에 내놓기에 부끄럽다.

이제, 용기 내어 책을 펴낸다. 무의미한 것에서 의미를 찾는 것이 인생이라면, 이 책을 내는 것에도 어떤 의미가 있을 거라 생각된다. 나는 어제와 다른 '나를 꿈꾸는 나'로 살기로 했다.

책을 엮을 수 있는 용기와 도움의 손길을 아낌없이 베풀어 주신 '경은쌤'과 남태령수필 동인, 율목독서회 회원들에게 고마움을 전한다. 부족한 글을 평론해 주신 한혜경 교수님께 감사드린다. 또 나의 가족에게도 고마운 마음을 전하고 싶다.

2022년 4월

관악산 아래에서

## 차례

## chapter 2. 이웃집 여인의 향기



## chapter 3. 황량한 들판이 내게 말하더라

## chapter 4. 나의 꽃이 저기 위에서, 나를

Chapter 1

# 당신은 누구세요

식사 후 자기소개 시간을 가졌다.
나는 언제나 그런 시간이 돌아오면 불안하다.
남 앞에 내세울 만한 것이 없어서인지
이런 자리가 늘 부담스럽다.
말주변이라도 좋으면 이리저리 꿰어보련만
그조차도 못하니 그야말로 난감하다.
……
남들이 무언가를 하는 시간에
나도 뭔가를 하며 살았을 텐데
나는 왜 내세울 만한 것이 없을까.
-본문 중에서

# 꽃도 짐이다

그림 속 카라꽃에서 아름다움보다 묵직한 무게감이 느껴진다. 카라꽃은 내게 딸아이 결혼식 부케를 떠오르게 한다. 카라의 꽃말이 '순수, 청결, 사랑, 순결' 등 깨끗하고 순수함을 나타내서 결혼식 부케로 많이들 사용한다. 딸이 카라꽃으로 부케를 직접 만들자고 할 때만 해도 사실 엄두가 나지 않았다. 인터넷에 올라온 부케를 보고서야 만들 수 있겠다는 생각이 들었다. 딸과 나는 꽃을 사러 주말마다 꽃시장으로 차를 몰았다. 이것저것 사서 만드는 재미로 사들인 꽃값은 부케를 전문업체에 주문해서 사는 것만큼이나 들었다. 딸과 함께 새벽 꽃시장을 드나든 것이 어제 같은데 벌써 일 년이란 시간이 흘렀다.

지금 나는 멕시코의 민중화가 디에고 리베라의 〈꽃 노점상〉 그림을 보고 있다. 한 송이만으로도 존재감이 확실한 카라 꽃이 커다란 바구니에 수북하다. 거대한 그 꽃바구니를 낮은 자세로 짊어지고 있는 여인의 모습에 눈길이 머문다. 꽃 무리 뒤로 남자처럼 보이는 민머리가 보인다. 그의 발은 버팀목처럼 당당하고, 손은 금방이라도 힘껏 들어 올릴 듯이 바구니를 움켜잡고 있다. 그녀가 무거운 꽃바구니를 짊어지고 일어설 때 힘을 보태줄 완벽한 자세다. 꽃을 짊어진 여인에게서 내 모습을 본다. 그녀에겐 짐을 지고 일어설 때 도와주려는 조력자가 있다. 내게도 그런 사람 하나 있었으면 좋겠다. 사람은 누구나 제 나름의 짐을 짊어지고 산다. 나도 예외는 아니어서 내 삶의 짐을 짊어지고 있다. 나이가 들면 그것이 가벼워질 줄 알았건만 어찌 된 것이 갈수록 무겁게 느껴진다.

심리학에서는 인생에 크게 네 차례의 반항기이자 위기가 있다고 말한다. 이 시기에는 절대적으로 사랑이 필요하다. 세 차례는 부모의 사랑을 받아야 하는 시기이고, 마지막의 한 차례는 배우자로부터 사랑을 받아야 한다. 그렇지 않으면 아무리 물질적으로 풍족하더라도 마음에 결핍이 생기고 우울감이 찾아올 수 있다는 것이다. 그러고 보면 내 마음에 생긴 결핍과 우울감의 원인은 '사랑'이 부족해서 생긴 듯하다.

어린 시절 나는 부모님의 사랑에 늘 목말랐다. 아버지가 사업을 할 때는 일 때문에 두 분 모두가 바빴고, 사업이 내리막길로 들어섰을 때는 돌파구를 찾기 위해 동분서주하느라 얼굴 보기도 힘들었다. 그러나 늘 성과는 없고 빚만 생겼다. 엄마는 가족의 생계를 짊어지고 새벽잠을 설치며 뛰어다녔다. 아버지가 만드는 빚은 덤이었다. 엄마의 짜증과 한숨 소리, 그리고 앓는 소리는 이해가 되면서도 듣기가 싫었다. 그것에서 벗어나는 길은 결혼이라고 생각했다. 그러나 결혼은 탈출구가 아니라 또 다른 삶의 시작이었다.

사랑하면 눈에 콩깍지가 씌어서 연인의 단점이 제대로 보이지 않는다고 한다. 나를 유리 온실의 화초처럼 보호해 주겠다던 남자는 요즘 잡아놓은 물고기 밥 주는 거 봤냐고 농을 건다. 나도 그동안 보지 못했던 남자의 다른 모습들을 본다.

나이가 들수록 남편에게서 생전의 시아버님 모습이 보인다. 시아버님은 당신 손으로 하는 게 하나도 없었다. 못질은 물론 전구조차 갈 줄 모르셨다. 차려진 밥상에 밥만 올리면 되는데 전기밥솥 뚜껑을 열 줄 몰라서 식사를 못 하신 적도 있다. 남편도 당연히 집안일은 자신의 몫이 아니라고 생각한다. 시아버지께서는 자식들에게 맛있는 음식 먹이는 것을 사랑으로 표현하셨는데 남편은 그것까지 닮았다. 일을 벌이면 그 뒤치다꺼리는 내 몫이다. 남편이 잘해주려고 하는 일들이 이제 짐처럼 느껴진다.

우리 집엔 스티로폼 상자에 담긴 수산물이 자주 배달된다. 얼음으로 채워진 그 상자는 무겁고 잘 깨져서 물이 새는 경우가 많아 택배기사에게 늘 미안하다. 택배 상자 하나가 또 도착했다. 주꾸미다. 남편은 매주 아이들을 불러들여 먹자판을 벌이고 있다. 냉동실엔 먹고 남은 재료들이 가득하다. 살짝 말린 아귀와 생선, 낚지, 꽃게, 전복…. 지난주엔 회를 시키고 매운탕까지 끓여 먹었다. 이번엔 주꾸미 샤부샤부를 해 먹잖다. 언제부턴가 내가 따까리 신세가 된 것 같다.

“남들은 자식들 입에 들어가는 것만 봐도 배가 부르다고 하는데 당신은 왜 그래?.”

“지금 먹을 게 없어서 배곯는 시절이유? 나도 힘들어. 제발 일 좀 벌이지 마요.”

“그까짓 게 뭐 힘들다고 그래? 내가 할게.”

토요일 아침에 도착한 주꾸미 상자를 나는 일요일 아침까지도 열어보지 않았다. 이번에는 기필코 입으로만 일하는 남편을 손으로 일하게 하리라 다짐했다. 내가 손질할 생각을 하지 않으니 남편이 마지못해 주꾸미 상자에 손을 댄다. 칭칭 감은 테이프를 뜯어내고 비닐봉지를 풀어 얼음을 싱크대에 쏟아부으려 한다. 멀찍이 서서 지켜보던 내가 얼음을 거기다 쏟으면 주꾸미 손질은 어떻게 할 거냐고 한마디 했다. 거들지는 않고 잔소리를 하니 언짢은가보다. 얼굴 표정에 노여움이 가득 찬다. 모르는 척 나는 베란다로 가서 당장 하지 않아도 될 손세탁물을 빨고 청소를 한다. 남편이 혼자서 버럭 성질을 부린다.

"내가 다시는 이런 걸 시키나 봐라."

'물건만 사주면 입에 들어가는 게 그냥 되는 줄 아슈? 직접 해봐야 속을 알지.'

나의 계략이 먹혀 들어간 것 같아 속으로 쾌재를 부른다. 목포에 있는 한 수산물센터 카페의 우수회원인 남편의 주문은 오늘로써 그 막을 내릴 것인가 말 것인가. 남편은 씩씩거리면서도 주꾸미 손질을 깔끔하게 해 놓는다.

저녁을 먹으면서 사위가 놀란 표정을 지으며 말한다.

"이걸 다 아버님이 손질하셨다고요? 낚시로 잡은 것보다 더 귀한 거네요. 어쩐지 맛이 더 좋더라니, 그런데 아버님 요즘이 가자미 철이라면서요?"

"가자미가 살이 올라서 맛이 있을 때지."

다소 기운 빠진 소리로 대답하는 남편 옆에서 나는 피식 새어 나오는 웃음을 감추려고 딴청을 피운다.

사람들은 모두 자기중심으로 이해하고 행동한다. 그들은 내게 상처를 주지 않았는데 나는 상처를 받는다. 무엇이 문제일까. 내가 선택하지 않은 것들이 내 몫의 짐으로 주어지고, 마음

상하게 하는 일들은 켜켜이 쌓여 그대로 마음속 상처가 된다. 세상 모든 일은 마음먹기 나름이라고 한다. 이제 희생을 동반하는 사랑은 사랑이 아니므로 나는 그 사랑을 거절하련다. 카프카의 〈변신〉에서 그레고르 잠자는 자신의 의사와 상관없이 하루아침에 흉측한 벌레로 변했다. 가족들에게 효용 가치가 없는 존재로 전락한 그는 가족들의 변모 과정을 지켜보면서 서서히 죽어갔다. 그러나 나는 내 의지로 변화를 도모할 것이다.

꽃의 무게는 삶의 무게다. 내가 짊어져야 할 꽃바구니에 더 이상의 꽃은 사양하련다. 꽃도 짐이다.

# 유리 온실

거리를 밝히는 가로등 불빛이 창문을 넘어와 방안은 촉수 낮은 불을 켜놓은 듯 아늑하다. 절제된 공간의 다다미방에 지친 몸을 누이고 만감이 교차하는 하루를 돌아본다.

어제까지만 해도 북적대던 집안이 오늘 아침엔 썰물을 맞은 바닷가처럼 썰렁하게 느껴졌다. 두 달 동안 산후조리를 하던 작은 딸이 아기를 데리고 저희 집으로 돌아가고, 남편마저 이박삼일 일정으로 제주도로 떠난 후에 남겨진 여파였다. 갑자기 한가해진 나는 어디론가 떠나기 위해 궁리를 시작했다. 시간이 없을 때는 가고 싶은 곳도 많더니, 막상 떠나려니 어디를 가야 할지 모르겠다. 당일치기하려면 너무 먼 곳은 안 되고, 너무 가까운 곳은 마뜩잖으니 결정이 쉽지 않다. 아까운 시간만 축내고 있다가 무작정 차를 끌고 나와서 몇 시간 후에 도착한 곳이 군산이다.

해가 서산을 향해 종종걸음을 치던 시각에 들른 군산 근대박물관에서의 일이다. 전시실을 관람하고 있는데 휠체어 한 대가 들어섰다. 젊은 여자가 앉아있는 것을 청년이 밀고 있다. 여자의 혈색이나 옷차림새로 보아 몸이 불편한 사람 같아 보이지 않았다. 휠체어를 탄 이유가 궁금했던 나는 하릴없이 그들의 행동을 살피기 시작했다. 그들은 전시물들을 스캔하듯 둘러보고는 관광지를 배경으로 합성사진을 찍는 곳에서 걸음을 멈췄다. 병약자처럼 휠체어를 타고 있던 모습은 온데간데없이 사라지고, 세상에 둘도 없는 선남선녀가 되어 사진을 찍어댔다. 그리곤 한쪽에 밀쳐두었던 휠체어에 다시 올라타서는 유유히 전시장을 빠져나갔다.

사랑에 눈먼 시절이 내게도 있었다. 그러나 타인의 시선을 의식하지 않는 배짱이나 사회규범을 어길 정도의 뻔뻔함 같은 것은 없었다. 남편과 연애하던 시절, 나는 겨울철마다 감기를 앓곤 했다. 그런 나를 위해 그는 유리 온실 같은 것을 만들어주겠다고 했다. 그곳에서 살면 감기 같은 건 걸리지 않을 거라면서…. 그 말은 우스갯소리 같기도 하였지만, 가슴 따뜻한 말이기도 했다. 유리 온실 속의 내 미래를 상상해 볼 때마다, 참 아늑하고 따뜻할 것만 같았다.

결국 나를 사랑해 주는 사람, 나를 위해 유리 온실을 만들어 주겠다는 사람과 결혼을 했다. 아이 셋을 낳아 키우고 몇 번의 이사를 하며 집을 장만하고, 시부모님을 옆에 모시고 살다 보니 그 낱말을 까맣게 잊고 지냈다. 오늘 문득 그것이 생각나서 내 삶을 돌아본다. 남편이 내게 유리 온실을 만들어주겠다고 했을 때의 그것은 추위를 막아주는 따뜻하고 아늑한 곳이었다.

그런데 그곳에 복병이 있다는 것을 그때는 미처 생각지 못했다. 한여름 땡볕 더위. 타들어 갈 것 같은 더위를 이겨내야 한다. 내 삶은 늘 아늑하기만 한 것도 아니었고, 한여름 땡볕 속의 힘겨움만 있었던 것도 아니었다. 그는 내게 유리 온실을 만들어주기는 했던가 보다. 그런데 그것을 그의 손바닥 위에 만들어 놓은 듯하다. 그는 나를 부처님 손바닥 들여다보듯 훤히 들여다보고 있다.

언제부턴가 나는 핸드폰 달력을 보며 약속을 잡고, 집에 와서는 식탁 위 달력에 다시 옮겨 적고 있다. 이것이 남편이 내 일상을 꿰뚫어 볼 수 있게 하는 자료가 된 듯하다. 나 스스로 그의 손바닥에 올라가 일거수일투족을 드러낸 꼴이다.

아무에게도 말하지 않고, 계획에도 없던 군산을 왔다. 늘 마음속으로만 품어왔던 바람처럼 훌쩍 혼자 떠나는 여행을 오늘 처음 실행했다. 바람이나 잠깐 쐬고 돌아갈 요량으로 시작한 것이 일박이일의 여정이 되었다. 그동안의 여행과 비교해보면 장족의 발전이다. 첫걸음 떼기가 어렵지 그 다음 걸음은 좀 더 쉬우리라. 준비 없이 떠나서 부족한 부분이 없지 않았지만, 혼자만의 비밀을 하나 품어서일까 입꼬리가 자꾸 올라간다.

# 침묵의 시간

핸드폰 울림이 유난스레 잦은 하루. 카톡방에 올라오는 내용 모두가 일 년 전의 오늘을 상기시키는 글들이다. 작년 이맘때 만들어 책장 구석에 꽂아두었던 앨범을 펼쳐본다. 로마, 폼페이, 나폴리, 피렌체, 베니스… 이탈리아의 여러 도시를 여행하며 찍은 사진들이 여행지에서의 기억을 파노라마처럼 펼쳐 보인다. 시간은 강물처럼 흐르며 모든 것을 변화시키는데 사진 속의 우리 모습은 행복했던 그 날 그 모습으로 정지되어 있다. 앨범을 만들 때부터 눈에 들어오던 사진 한 장이 또다시 내 시선을 사로잡는다. 카프리섬에서 바다를 배경으로 서서 허리를 꺾어가며 파안대소하는 J 언니의 모습이다. 무엇이 그녀를 그리도 즐겁게 했던 것일까.

여행이 막바지를 달리고 있을 때였다. 우연히 쇼핑센터 앞

나무 그늘에 J 언니와 서 있게 되었다. 단둘이 대화를 나눠본 기억이 없는 그녀가 불쑥 내게 낱말 하나를 던졌다. "송례 씨는 크레믈린야. 자기도 알지?" 크레믈린. 갑자기 그런 말을 하는 이유를 나는 알지 못했다. 그러나 왜냐고 묻지 않았다. 쇼핑을 마친 일행들이 우리 곁으로 다가오는 것이 보여서 입을 다물었다. 나를 그렇게 부른 이유를 대충은 알 것도 같았다. 가볍게 웃어넘겼다.

여행이 끝나고 일상생활이 시작됐다. 스치는 바람처럼 잊힐 줄 알았던 그 낱말은 내 의지와 상관없이 머릿속에서 맴돌이를 시작하더니 멈출 줄을 몰랐다. 나를 '크레믈린'이라고 생각하게 된 이유가 뭘까. 그것이 그녀 혼자만의 생각일까. 모임 회원들 모두가 나를 그렇게 생각하고 있는 것은 아닐까. 생각은 꼬리에 꼬리를 물지만, 궁금증은 풀리지 않았다. J 언니에게 직접 물어볼 요량으로 모임 날을 별렀건만 기회는 좀처럼 닿지 않았다. 그렇게 기회를 엿보던 중에 그녀의 갑작스런 부고 소식을 듣게 되었다. 나를 크레믈린이라고 하던 그녀가 스스로 크레믈린이 되어 한 마디의 유언도 없이 우리 곁을 떠나버렸다.

독서 모임에서 나는 '말 없는 사람'으로 알려져 있다. 내가 말을 안 하는 것은 원래 말주변이 없어서이기도 하지만 할 말이 없어서이다. 다양한 정보와 지식이 넘쳐나는 곳에서 나는 늘

꿔다놓은 보릿자루처럼 앉아 그들이 쏟아놓는 이야기를 경청한다. 이들은 나와는 다른 환경에서 살아왔고, 지금도 다른 모습으로 살아가는 것 같다. 나에겐 그들과 말을 섞을 만한 게 별로 없다.

나의 청소년기는 잿빛으로 물들어 있다. 아버지의 사업에 이상기후가 보이기 시작하더니 집안에 빨간색 차압 딱지가 덕지덕지 붙었다. 전화가 끊기고 전축, 재봉틀 등 가재도구들이 하나씩 사라졌다. 전당포에 잠깐 맡겼다는 물건들도 영영 돌아오지 못했다. 아버지는 재기의 꿈을 이루기 위해 끊임없이 새로운 일을 시작했지만 늘 결과는 좋지 않았다. 빌린 돈을 제때 갚지 못할 때면 친인척들이 쳐들어와 온갖 궂은소리를 쏟아부었다. 사람들은 상황에 따라 대하는 태도도 달라진다. 시골에서 서울로 진출하는 친인척들의 교두보가 되어주었던 아버지는 지푸라기처럼 힘없는 존재가 되었다. 엄마의 한숨 소리 높아가고 몸도 마음도 추웠던 집. 겨울이면 동생들과 방안 벽면에 하얗게 피어나는 성에를 손톱으로 긁으며 추위의 강도를 짐작하곤 했다.

우리는 거의 해마다 이사를 했다. 어느 해인지 하교 후에 이사한 집을 찾아갔더니 허름한 무허가 집이었다. 대문도 없는 집에서 살아야 한다는 것이 창피하고 싫어서 마냥 울었다. 한

없이 위축되어 살던 그 시절에 유치환의 시 〈바위〉를 만났다. 나는 바위처럼 의연해지고 싶었다. 애련에 물들지 않고 희로에 움직이지 않고 비와 바람에 깎이는 대로 두 쪽으로 깨져도 소리하지 않는 바위가 되고 싶었다. 그래서 가슴에 바위 하나를 들여놓았다. 세월이 많이 흐른 이즈음 나는 바위를 품었던 가슴에 바람도 들여앉히고 산다. 삶의 무게를 잠시 잊게 하는 것으로 여행만 한 것이 없다. 내가 기회만 되면 여행 가방을 꾸리는 이유다. 잿빛이었던 내 삶이 색을 입기 시작했다.

이집트를 여행할 때다. 낙타를 타고 사막을 지나가는데 온몸으로 후끈한 열기가 느껴졌다. 아득한 사막에 그 열기를 피할 곳이 있을 리 만무하다. 막막하게 느껴지는 그 열기 속에서 아버지가 떠올랐다. 사막에서 일을 하자면 이보다 더한 열기와 싸웠을 것이라는 생각이 들었다. 학창 시절 내내 등록금을 제때 납부하지 못해 교무실로 불려 다니는 수모를 안겨주었던 아버지를 나는 가장으로서의 책임감 운운하며 수없이 원망했었다. 하는 일마다 풀리는 것이 없자 아버지는 고심 끝에 열사의 나라 사우디 중동 근로자가 되어 이역만리로 떠나셨다. 연로한 할머니, 할아버지께서 연이어 돌아가셨을 때 아무도 5형제의 막내였던 아버지께 그 사실을 알리지 않았다. 근로계약을 파기하고 돌아올까 봐…. 3년의 계약 기간이 끝나고 집으로 돌아와서야 그 사실을 알게 된 아버지는 한달음에 고향 선산으로 향했다. 중천의 해가 서산을 넘어 어둑발이 내릴 무렵에야 아버지는 휘적휘적 마을로 내려오셨다.

아버지의 귀국 한 달 전에 우리는 작은 집 한 채를 마련하여 셋방살이에서 벗어나 있었다. 하지만 또다시 시작된 아버지의 사업 시도로 한동안 유지되던 집안의 평화는 깨졌다. 당신 평생 남의 밑에서 일을 해본 적은 중동 근로자로 일할 때뿐이었다. 사업에 대한 미련과 사장이란 호칭의 굴레는 타락 줄보다 질기고 질겼다. 막냇동생이 베제트병에 걸려 시력을 잃어버리고, 여동생이 서른세 살의 나이에 위암에 걸려 어린 자식 둘을 남겨두고 세상을 떠난 후 엄마는 웃음을 잃은 허깨비가 되었다.

친정은 나의 생인손. 내가 감당하고 내가 이겨내야 할 나만의 통증이다. 평범하게 산다는 것이 얼마나 큰 행복인지 불행을 겪기 전까지 사람들은 깨닫지 못하고 산다. 사람은 자기가 겪은 만큼 아는 것 같다.

나는 남의 눈에 띄지 않게 있는 듯 없는 듯 살아간다. 관심을 기울여야 보이는 작은 들꽃 같은 내게서 J 언니는 무엇을 보았던 것일까. 그녀에게 묻지 못한 말들이 허공에서 맴을 돈다. 그녀가 내게 던진 '크레믈린'이란 낱말은 부메랑이 되어 다시 그녀에게로 돌아갔다. 사진 속에서 그녀가 허리를 꺾어가며 파안대소하고 있다. 벽의 틈새를 파고드는 한 줄기 빛처럼 알란 파슨스의 〈Time〉 노래가 가슴속으로 파고든다.

Time, flowing like a river.

Time, beckoning me.

Who knows if we Shall ever meet again.

If ever

But time keeps flowing like a river to the sea.

시간은 강물처럼 흐르네

시간은 나를 향해 손짓하네

우리가 다시 만날 그날을 누가 알고 있을까

그럴 수 있을까

시간은 바다로 흘러가는 강물 같은 것인데

# 어둠 속의 빛

눈이 부시도록 화창한 날, 나는 어둠 속으로 향하고 있다. 이곳은 크기도 구조도 알 수 없는 완벽한 어둠만이 존재하는 공간이다. 나는 두 눈을 멀쩡히 뜨고 한 손은 앞선 일행의 팔을 잡고 다른 한 손은 어둠 속의 벽을 더듬으며 걷는다. 발도 따라 바닥을 더듬는다. 어둠 속에서 안내자의 지시에 따라 걸음을 멈추어 섰다. 그리고 벽면을 더듬어 의자에 걸터앉았다. 뒤따라오는 사람들이 자리를 잡지 못하고 수런거리는 소리는 한참 동안 계속되었다.

소음으로부터 귀를 닫고 나는 시선을 정면에 향한 채 서서히 어둠과 한 몸이 되어갔다. 정적 속에서 오롯이 혼자라는 느낌이 들었을 때, 어둠 속에 웅크리고 있는 동생의 모습을 떠올렸다. 아니다. 사실 나는 어둠 속으로 발을 들여놓는 순간부터 줄

곧 동생을 생각해 왔다. 한 치 앞도 보이지 않는 어둠 속을 더듬거리며 걸어가던 나의 행동은 동생의 모습을 닮아있었다. 빛을 잃고 두려움에 떨던 동생의 고통이 온몸으로 느껴졌다.

사형제 중 막내인 남동생이 대입 준비를 하던 고3 시절, 시신경에 자리를 잡은 베제트병은 동생에게서 빛을 앗아갔다. 시력을 잃은 동생은 암흑 속에 두 발이 묶여버렸다. 혈기왕성한 시기에 맞은 시련이라 그 고통은 더욱더 컸으리라. 동생은 마음의 문을 굳게 걸어 잠그고 외부와의 소통을 끊어버렸다. 세상 그 무엇이 동생의 마음에 위로가 될 수 있었으랴.

당시 나는 결혼하여 돌 지난 딸 하나를 두고 안양에 살고 있어서 동생의 모든 일상을 지켜볼 수 없었지만, 친정에 갈 때마다 굳게 닫혀있는 동생의 방문 앞에서, 부모님의 깊은 한숨 소리에서 절망감을 느끼곤 했다. 시간의 흐름이 멈춰버린 동생의 방은 밤이 되어도 불이 켜질 줄 몰랐다. 숨이 막힐 것 같은 정적이 흐르는 동생의 방에서 어느 날 무심히 퉁겨진 듯한 단음의 기타 줄 소리가 났다. 그것은 팽팽하게 당겨진 긴장감 속에서 살아가는 가족들에게 한 줄기 빛을 예견하는 신호음과 같은 것이었다.

세토내해의 작은 섬 '나오시마'는 자연과 현대 예술이 잘 어우러져 있는 곳이다. 그중에서도 이곳 미나미테라는 안도 타다 오가 설계하고 제임스 터렐의 작품이 설치된 곳이다. 터렐은 '빛'을 예술적 표현의 가장 중요한 포인트로 삼는 작가이다. 모네가 '빛의 화가'라면, 터렐은 '빛'을 현대적으로 확장해간 '빛의 작가'라고 할 수 있다. 그의 작품은 어둠 속에서 빛을 발견해나가는 과정을 체험하는 것으로, 나는 지금 그의 작품을 대면하기 위해 어둠 속에 앉아있다.

응시하고 있는 어둠 속 정면에 스크린 모형의 빛이 희미하게 보이기 시작한다. 터렐의 〈달의 뒤편〉이라는 작품으로 그의 애퍼쳐 시리즈 중 하나다. 칠흑의 어둠 속에서 시간을 보내고 있으면 빛이 서서히 눈에 들어오기 시작하는데, 그것은 빛이 농도를 높이고 있는 것이 아니라 내 안에 존재하고 있는 능력이 발현하는 것이다.

어둠 속에서 빛을 본다. 처음부터 존재했던 빛을 이제 발견한다. 빛이 존재하는 공간에서 빛을 발견하기까지 얼마간의 시간이 필요했듯이, 동생이 절망적인 어둠의 한가운데서 새로운 길을 찾는데도 시간이 필요했다. 그러나 그것은 외부에 의해 새롭게 생성된 것이 아니다. 암흑이라고 생각했던 어둠의 공간에 빛은 이미 존재하고 있었듯이, 절망감에 빠져있던 동생의 내면에도 절망감을 딛고 일어설 힘이 빛처럼 존재하고 있었다.

빛을 발하는 정면으로 걸음을 옮긴다. 빛으로 향하는 사람들의 실루엣이 서서히 뚜렷한 모습으로 드러난다. 옆에 있는 일행들의 얼굴 표정이 읽힐 정도로 주변이 밝게 보인다. 멀리서 바라볼 때 빛을 발하는 스크린 모형은 평면인지 깊이가 있는 3차원의 공간인지 알 수 없었다. 그 직사각형의 공간 속에 손을 넣어 휘저어보기도 하고 얼굴을 들이밀고 빛의 발원 지점을 찾아보지만, 시작도 끝도 알 수 없는 빛으로 충만한 공간이었다.

어둠 속에 존재하는 빛을 등지고 나는 성큼성큼 밖으로 향했다. 투명한 빛과 달달한 바람, 그리고 바다와 숲의 존재가 새롭게 느껴졌다. 자연 속에서 나는 혼자가 아니었다.

# 끈

화요일 아침은 독서 모임이 있는 날이다. 도서관을 향해 걸으며 시간의 흐름을 읽는다. 벚꽃이 눈꽃처럼 내리던 게 어제 같은데 벌써 나뭇가지의 잎들이 무성하다. 개천가의 개망초는 흐드러지게 피었다.

독서 모임은 이제 내 생활의 일부분이 되었다. 하지만 그곳에서 만나는 사람들에게 나는 좀처럼 가까이 다가가지 못한다. 그들의 폭넓은 지식과 윤택한 생활은 나의 얄팍한 지식과 평범한 생활과는 간극이 너무 크다. 그래도 그들과 십여 년의 세월을 함께 하면서 같이 밥을 먹고 애경사를 챙기고, 여러 나라를 여행했다.

내가 독서 모임에 처음 발을 들여놓게 된 경유는 이러하다. 막내아들이 유치원에 입학하던 날, 선생님 앞에 둘러앉은 학부모들이 자기 소개를 마치자, 선생님은 수업 때 도와줄 자원봉사자 5명이 필요하다고 했다. 늘 그렇듯 나는 조용히 침묵하고 있었다. 그런데 저편에 앉아있던 한 학부모가 나를 지목하며 막내를 보냈으니 봉사 좀 하라고 강권하는 것이 아닌가. 선생님까지 나서서 부탁하니 거절할 수 없었다. 결국 타의에 의해 자원봉사자로 참석하게 되었다. 나는 아이들의 수업, 소풍, 견학 등을 따라다니며 사진을 찍었다. 그렇게 일 년간 찍은 사진들을 정리하고, 어설픈 재주로 음악을 깔고 비디오 테이프를 만들어, 졸업식 날 선물하였다.

그녀와의 만남은 이후로도 이어졌다. 자신이 다니는 독서 모임에 같이 가자는 것이다. 나는 책을 머리나 식힐 겸 슬렁슬렁 보는 편이라 토론은 엄두가 나지 않았다. 차일피일 미루다가 견학이라도 한 번 하라는 그녀의 권유에 못 이겨 어느 화요일 아침 독서 모임에 참석하게 됐다. 가벼운 마음으로 견학을 나왔던 나는 회원들의 환영의 박수를 받으며 얼떨결에 회원이 되었다.

토론시간마다 나는 그들의 엄청난 열정과 폭넓은 지식에 놀라워했다. 회원들의 따뜻한 배려로 모임에 참석은 하면서도, 늘 내 자리가 아니라는 생각이 머릿속을 지배했다. 그곳에서 벗어날 기회만 찾았다. 딸들이 사춘기에 접어들자 나는 잔소리보다 본보기가 되어야겠다는 생각으로 방송대 국어국문학과에 지원하게 됐다. 한편으로는 그것을 계기로 독서 모임에서 벗어나고자 하는 마음도 있었다.

만학도들이 모인 그곳은 또 다른 세상이었다. 나이가 많거나 적은 것에 상관없이 동기가 되어 공부를 하고 답사를 다녔다. 무엇을 알아간다는 것은, 무지를 깨닫는 시간이었다. 공부를 하는 4년 동안, 나는 독서 모임에서 완전히 벗어나지 못했다. 그들은 내게 애경사를 전하고, 소풍 간다고 부르고, 여행 가자고 연락을 하며 인연의 끈을 놓지 않았다. 결국 4년이란 시간은 그들과 다시 함께하기 위한 에너지를 충전하는 시간이 되었다.

그들과 함께 중국 문학, 스페인 문학, 동유럽 문학, 영미 문학, 러시아 문학, 융 심리학, 신화의 이미지, 영미 희곡 등 다양한 문학을 공부했다. 그러면서 스페인, 동유럽, 북유럽, 러시아, 영국 등을 여행했다.

독서 모임은 일 년 주기로 돌아가면서 회장과 총무의 임기가 주어진다. 모임이 오랫동안 유지되다 보니 웬만한 사람은 그 일을 한 번씩 맡아서 봉사를 했다. 나는 총무 일에서 벗어나기가 바쁘게 회장을 맡게 되었는데, 어떻게 일 년을 보내야 할지 걱정이 앞섰다.

프랑스 여행에 앞서 프랑스 문학을 공부하기로 했다. 책은 〈프랑스 문화와 예술〉을 선정하여 수업을 했다. 공부하면서 봄 소풍과 박물관 전시회를 다녀오고 프랑스 여행까지 다녀왔다. 도서관에서 주최하는 행사에 참석하여 시 낭송도 하고, 회원들이 퀼트 전시회를 할 때는 앞에 나서서 인사말을 하는 등 다양한 경험을 하였다.

한때 벗어나려고 버둥거리던 모임은 나로 하여금 다른 세상에도 눈뜨게 하는 촉매제 역할을 했다. 어리석은 사람은 인연을 만나도 몰라보고, 보통 사람은 인연인 줄 알면서도 놓치고, 현명한 사람은 옷깃만 스쳐도 인연을 살려낸다고 한다. 나는 생각지도 못한 많은 인연의 끈들을 잡고 살아가고 있다는 것을 알게 되었다. 그 끈이 있어 삶에 힘을 얻는다.

# 나도 그럴 줄 몰랐다

처음에 여행을 계획할 때는 의기양양했다. 새벽 열차를 타고 내려갔다가 퇴근 시간 전에 올라올 것이므로 가족들에게 굳이 말할 필요가 없다고 생각했다.

영미를 처음 만난 곳은 방송대 국문과 안양지역 신입생 OT에서였다. 내 옆자리에 앉은 그녀는 작은 체구에 나이가 조금 들어 보였다. 그러나 그녀는 나보다 한 살 어렸으며 과천에 사는 이웃이었다. 이후 가끔 산책도 같이하고 수원으로 출석 수업이나 시험을 보러 갈 때면 내 차를 타고 함께 다녔다.

나와 그녀의 삶은 대조적이다. 몸도 마음도 여유로운 그녀와 달리 나는 매일 종종거리며 바쁘게 산다. 자라온 환경도 많이 다르다. 그녀는 기독교 집안의 가정에서 책을 많이 읽으며 자랐고, 글도 잘 썼다.

그녀가 언제부터인가 부산에 사는 국문과 선배라는 사람 이야기를 자주 했다. 영미를 통해 들은 그는 풍부한 지식의 보유자 같았다. 그래서 내가 그를 '싸부'라고 하자 영미도 그렇게 불렀다.

싸부가 부산으로 한번 놀러 오라고 했다. 영미가 나에게 같이 가자고 조르는데 좀처럼 시간을 낼 수가 없었다. 마침 막내아들이 수학여행을 가게 되자, 발동이 걸렸다. 영미가 고향 친구인 옥자도 동행할 거라고 알려왔다. 옥자에게 나는 '다음에 친구'로 불린다. 그녀가 내게 친구 하자고 하는데, 나는 그녀를 친구 삼고 싶은 생각이 없어서 '다음에….'라고 대답을 했더니 이후 그녀는 나를 부를 때마다 '다음에 친구'라고 부른다.

부산으로 향하는 새벽 열차에 몸을 실었다. 창밖은 아직 어둠이 자리 잡고 있었다. 앞자리에 영미와 옥자가 앉았다. 옥자는 흥분에 들떠 있었다. 그녀들을 바라보는 내 마음은 마냥 좋은 것도 아니고 그렇다고 싫은 것도 아닌 묘한 기분이었다.

부산역에 도착하니 싸부가 마중 나와 있었다. 렌터카로 부산 시내를 구경하고 해운대로 향했다. 몽돌 해변에 자리를 잡고 약간의 음식을 시켰다. 끝없이 펼쳐진 바다와 몽돌에 부딪히는 파도 소리가 술 한 잔을 부른다며 내게 운전을 맡으라고 했다. 나는 별수 없이 바다를 바라보며 안주만 축내고 있었다. 술을 못 마시는 사람은 늘 대리운전 기사가 되는 것 같다.

부산에 '고갈비'가 유명하다고 먹으러 가잖다. 소갈비, 돼지갈비, 양갈비는 들어봤어도 고갈비는 처음이다. 호기심을 갖고 간 고갈비 집에서 나는 고등어구이를 대면하고 무척 실망했다. 고등어를 굽는 게 갈비를 굽는 것 같아서 고갈비라고 한다니, 이름 한 번 기막히게 지었다.

사람들은 술을 마시면 느슨해지는 것 같다. 기차 시간에 맞추려면 일어나야 하는데 별것도 아닌 이야기가 끝을 모른다. 결국, 예약했던 기차를 놓치고 말았다. 짜증이 나기 시작했다. 식구들에게 말도 안 하고 나왔는데 어쩌나. 술 취한 세 명을 겨우 태우고 부산역 렌터카 반납장소로 가는데 핸드폰이 울렸다. 아니나 다를까 남편의 전화였다. 도둑이 집에 들어 집안을 발칵 뒤집어 놨는데 어디냐는 것이다. 갑자기 눈앞이 캄캄하고 속이 바짝바짝 탔다. 무슨 정신으로 차를 반납하고 열차 시간을 기다렸는지 모르겠다.

서울로 향하는 열차에 앉아 까맣게 타들어 가는 속을 달래려 애를 썼다. 여기를 왜 왔을까 후회막심이지만 엎질러진 물이니 주워 담을 수도 없다. 어두운 창밖을 쳐다보니 불안과 초조함에 쌓여 있는 내 모습이 차창에 비치인다. 속이 까맣게 타들어 가는데 옥자가 혀 꼬부라진 소리로 '다음에 친구야…'를 불러대며 횡설수설해댔다. '처음부터 마음에 안 들더니 끝까지 마음에 안 드는군' 생각했다.

집에 도착하니 딸들이 집안을 대충 정리해 놓았다. 남편은 말 한마디 없이 어이없다는 표정으로 나를 쳐다봤다. 두 딸이 그간의 이야기를 들려주었다. 경찰이 피해 물품을 조사해 갔고 과학수사대도 다녀갔단다. 오늘 도둑맞은 집이 세 집이 더 있는데 범인을 잡을 수 있을지 모르겠단다. 그 와중에 나는 그 세 집 여자들은 어디를 다녀왔을까 궁금했다. 이 한심한 여자라니.

아침 밥상 앞에서 남편이 기어이 한마디 한다. "너희 엄마 핸드폰 배경 음악을 부산 갈매기로 바꿔 버려라." 나는 안 넘어가는 밥을 입으로 꾸역꾸역 밀어 넣으며 중얼거렸다. 부산갈매기가 뭔 죄인가. 핑계 대고 집 나간 여자들이 문제지.

하지만 나도 핑계는 있다. 부산까지 가서 대리운전을 하게 될 줄, 갈비가 아닌 고등어 갈비를 먹게 될 줄, 열차를 놓치고 속을 바글바글 끓일 줄, 도둑 방문이 하필 그날일 줄. 나도 몰랐을 뿐이다. 그럴 줄은.

# 터진다 터져

집 주변을 둘러싸고 있는 사철나무 울타리 사이로 봉두난발을 한 누런 잡초들이 눈에 거슬린다. 그러나 나는 애써 모르는 척 지나간다. 시간이 지나도 아무도 신경 쓰는 사람이 없다. 누런 잡초들 사이로 연한 새싹이 돋기 시작한다.

주택가 빌라 1층으로 이사하여 여름, 가을, 겨울을 지내고 새봄을 맞고 있다. 이 건물에는 여덟 가구가 살고 있지만 서로 왕래가 없으니 아파트 단지에 살 때와 별반 달라진 게 없다.

지난겨울 눈이 내릴 때는 남편과 둘이서 길가에 쌓인 눈을 치웠다. 위층에 사는 사람들은 눈을 치워야 한다는 생각을 안 하는 것 같다. 한 번도 함께 눈을 치운 기억이 없다. 그들은 아파트에 사는 사람들이 눈 치우는 건 관리사무소에서 할 일이라고 생각하는 것처럼 손을 놓고 있다.

아파트 살 때의 내 모습이 떠오른다. 경비아저씨 혼자 눈을 치우는 것을 내려다보면서 '도와야 되나?' 하는 생각만 하다 겨울을 보냈다. 마음은 돕고 싶은데 몸이 나서지를 않았다. 결국, 나는 눈 치우는 것도 관리비에 포함되어 있다고 스스로를 합리화하며 집 안에 있었다. 지금 우리 위층에 사는 사람들도 그런 생각을 하고 있는 것은 아닐까 싶다.

눈에 거슬리는 잡초 손질을 앞두고 아이들에게 물어보았다. "수도계량기 옆에 무성하게 자란 잡초들이 봉두난발을 하고 있는데 지저분해 보이지 않니?" "글쎄요, 그런 거 못 봤는데요." 이상도 하다. 다른 사람 눈에는 보이지 않는 것이 왜 내 눈에는 눈엣가시처럼 보이는지 알다가도 모를 일이다.

목마른 사람이 우물을 판다고 했던가. 눈에 거슬리는 것을 제거하기 위해 나는 가위를 챙겨 들고 밖으로 나갔다. 무성한 잡풀을 한 손에 거머쥐고 가위로 썩뚝썩뚝 잘라냈다. 잡초가 잘려나간 자리가 시원해졌다. 사철나무의 죽은 가지에 스쳐 팔에 생채기가 나는 줄도 몰랐다. 잘라낸 잡초더미가 한 아름이다. 길 한편에 모아놓고 불을 붙이니 순식간에 불꽃이 몸채를 불린다. 불난 곳에 부채질한다고 갑자기 바람이 불어와 불티를 사방으로 날린다. 겁이 덜컥 나서 혼비백산하여 빗자루로 허공을 휘저었다.

어린 시절, 시골 할머니 집 뒤뜰에 쌓아놓은 짚더미 아래에서 사촌과 성냥을 갖고 놀다가 큰 불을 낸 적이 있다. 집안 식구들은 물론 이웃들까지 물 양동이를 들고 달려들어 겨우 껐다. 자라 보고 놀란 가슴 솥뚜껑 보고 놀란다고 했던가. 나는 바람에 위세가 등등해지는 불을 끄기 위해 안간힘을 썼다. 한낱 지푸라기에 불과하던 잡초들이 바람의 힘을 업고 간담을 서늘하게 한다. 어렵게 불을 끄고 계단에 철퍼덕 주저앉아 안도의 한숨을 길게 내쉬었다. 나는 왜 하는 일마다 늘 이 모양일까. 간단히 끝날 일도 이렇듯 일이 일을 불러서 속 터지게 만든다.

'사서 고생한다'는 말이 있다. 내가 가는 곳에는 왜 늘 일이 생기는지 모르겠다. 오늘도 나는 남들은 신경도 쓰지 않는 잡초더미를 손질하고 불편한 마음을 털어내려다 혼쭐이 났다. 몸이 편하면 마음이 불편하고, 마음이 편하자니 몸이 고단하다.

나는 남편의 사는 즐거움과 나누는 기쁨 덕분에 폭죽처럼 터지는 일복을 누리며 산다. 싸고 좋은 생선이라며 한 박스씩 택배를 시키면, 나는 그것을 손질하고 나누어 이 집 저 집으로 배달을 한다. 갈치속젓 한 박스가 배달되면 작은 젓갈 통을 사다가 여러 통으로 소분해 놓는다. 남편은 골프를 하러 갈 때나 친구를 만나러 갈 때 몇 개씩 가지고 나가서 나눠 먹는 기쁨을 누린다. 나는 언제쯤이나 폭죽처럼 터지는 일복에서 벗어날 수 있을까.

이것이 신이 내리신 축복이라면, 이제는 그만 터트리소서!

# 당신은 누구세요

괴테가 자유를 찾아 이탈리아로 떠난 시간은 모두가 잠든 밤이었고, 우리가 기타규슈로 문학기행을 가기 위해 인천공항으로 출발한 시간도 모두가 아직 잠에서 깨어나지 않은 새벽이었다. 괴테가 새로운 자유와 기쁨을 얻기 위해 사랑스럽고 소중한 모든 것을 뿌리치고 떠났듯이, 우리는 새로운 문학과 작가들의 삶의 흔적들을 둘러보기 위해 떠났다. 새로운 세상을 향해 출발하는 시간으로 하루를 시작하는 새벽만큼 좋은 시간이 있을까 싶다.

인천공항에서 오전 7시 10분에 출발한 비행기는 기타큐슈공항에 8시 20분에 도착했다. 시간을 아끼기 위해서 빵과 우유로 간단히 아침을 해결하고, 모지항에서 이데미츠 미술관을 잠시 들렀다가, 걸어가면서 메이지 시대와 다이쇼 시대에 지은

서양 건축물들은 살펴보았다.

루지코지 오층탑 앞에 섰을 때는 해가 서산으로 기울고 있었다. 오우치 문화의 최고 걸작으로 꼽는 일본 3대 명탑 중 하나라고 한다. 녹음 속에 자리한 오층탑은 아름다움보다는 웅장함이 느껴졌다. 우리나라 석탑의 효시, 정림사지 오층석탑 그리고 감은사지 삼층석탑, 미륵사지 석탑 등과는 전혀 다른 느낌이었다. 황량한 절터에 우뚝 자리하고 있는 우리나라의 석탑들이 더 아름답게 느껴지는 것은 무슨 까닭일까.

숙소 료칸에 짐을 풀고 유가타로 갈아입은 회원들은 가이세키 특식으로 차려진 상 앞에 한 명씩 자리를 잡고 앉았다. 열과 행을 맞추고 반듯하게 앉아있는 모습이 일본 사무라이 영화에서 본 조직원들을 연상시켜서 웃음이 났다. 개중에는 유가타가 자신의 옷인 양 자연스럽게 잘 어울리는 사람도 있었다.

식사 후 자기소개 시간을 가졌다. 나는 언제나 그런 시간이 돌아오면 불안하다. 남 앞에 내세울 만한 것이 없어서인지 이런 자리가 늘 부담스럽다. 말주변이라도 좋으면 이리저리 꿰어 보련만 그조차도 못하니 그야말로 난감하다. 사람들은 각자 개성들이 잘 드러나는 자기소개를 한다. 사회적으로 어느 정도 자리를 잡은 사람들의 이야기를 듣고 있으면 나 자신이 초라하게 느껴진다. 남들이 무언가를 하는 시간에 나도 뭔가를 하며 살았을 텐데 나는 왜 내세울 만한 것이 없을까. 남들이 한 우물을 열정적으로 파는 동안 나는 이곳저곳을 파다말다 하며 세월을 보냈는가 보다.

다음 날, 근대 문학의 거장인 모리 오가이의 구택과 기념관이 있는 츠와노 지역으로 향했다. 오가이의 구택에 도착하여 집을 둘러보고 마루에 앉아 방을 들여다보면서 생각했다. 〈무희〉, 〈기러기〉 등과 다른 작품, 주군에게 충성하는 사무라이들의 이상을 드러내는 작품을 쓸 때, 작가의 방에는 사무라이의 검 몇 개쯤 걸어놓고 글을 쓰지 않았을까.

시모노세키에 있는 조선통신사 상륙 기념비 앞에 서서 그들의 지난한 여정과 임무를 떠올렸다. 조선 시대의 통신사 임무는 새로운 문물을 만나는 것에 대한 벅찬 기대도 있었지만 어려움도 많았다. 넓고 험난한 바다를 건너야 하는 긴 여정은 안전을 보장받을 수 없었다. 병이 나서 객지에서 생을 마감하는 사람들도 있었으니 두려움도 엄습했을 것이다. 통신사행을 다녀와 남긴 수많은 사행록은 조선 시대 외교 관계의 생생한 기록으로 남아있어 당시의 모습을 확인할 수 있어 다행이다.

여행의 마지막 날, 오사카성을 닮은 고쿠라성과 정원을 둘러보고 마쓰모토 세이초 기념관으로 발길을 옮겼다. 그는 일본 미스터리 문학에 큰 영향을 끼치고 논픽션, 역사 평전 등 광범 위한 활동을 한 일본 문학의 거장이다. 기념관 내부에 재현되어 있는 세이초의 생가 모습은 압도적인 분위기를 자아낸다. 2층 구조의 전형적인 일본 주택인데 서재와 집필실이 어마하게 많은 책들로 쌓여있다. 작가의 집념과 열정이 엿보이는 광경이다. 언제 저 많은 책을 읽었을까 싶다. 문학을 대하는 나의 자세가 한없이 부끄럽게 느껴졌다.

2박 3일의 숨 가쁜 일정이 꿈결같이 지나갔다. 여행을 잘 마무리했다며 카페에 둘러앉아 간단한 다과와 함께 맥주를 마시며 빙고 게임을 한다. 사람들은 사회자의 지시에 따라 선뜻 일어나 멋들어지게 시조와 노래를 부르고 장기자랑을 한다. 나는 또다시 불안감에 빠져들기 시작한다. 태연한 척 박수를 치며 분위기에 동조하지만, 마음은 조마조마하다.

마이크가 내게 전해질까 봐.

내가 누구냐고 물을까 봐.

나도 모르는 나를….

# 칼을 가는 여자

사흘간의 여행을 마치고 집으로 향하는 리무진 버스에 몸을 실었다. 니이가타 폭설 속에서 웃고 떠들며 지내는 동안 까맣게 잊고 있던 명절이 코앞이란 걸 깨닫자 갑자기 마음이 바빠진다. 여행을 시작할 때까지만 해도 일면식도 없던 한 여인이 지금은 동행자가 되어 내 옆자리에 앉아있다. 그녀의 집과 내 집은 엎어지면 코 닿을 거리이다. 그럼에도 우리는 동네 어디에서도 한 번도 마주친 적 없는 생면부지였다.

여행 중 몸 상태가 좋지 않은 날이었다. 두 자리를 혼자 차지하고 앉아있는데 그녀가 내 옆자리에 앉아도 되겠냐고 물었다. 대각선 방향에 그녀의 룸메이트가 혼자 앉아있는 것이 눈에 들어왔다. 굳이 여길 앉으려는 의도가 궁금했으나 묻지 않았다.

차창 밖으로 하염없이 눈이 내린다. 폭설이다. 길이 막히면 어쩌나 걱정이 앞선다. 오래전 강원도로 겨울 여행을 가다가 당한 일이 떠올랐다. 춘천 외곽도로를 달리는데 내리막길이 미끄러웠다. 도로에 살얼음이 피어 있었는지 차가 속수무책으로 미끄러지기 시작했다. 브레이크는 유명무실한 존재였다. 외마디 비명을 지르며 달리다 한 켠에 쌓아놓은 미끄럼 방지 눈 더미에 곤두박질치며 멈춰 섰다. 그때 느낀 섬뜩함은 내 몸에 각인되어 오래도록 사라지지 않고 있다. 이후로 나는 눈이 오면 운전을 하지 않는다. 걱정스러운 내 마음 아랑곳없이 눈은 하염없이 내리고, 가와바타 야스나리의 〈설국〉 책을 손에 들고 있는 그녀는 달떠 있다. 나이 들어서도 저렇게 소녀 감성을 유지할 수 있는 비결은 무엇일까 궁금하다.

수면 위에 먹빛 물감 한 방울 퍼져 나가듯 서서히 어둠이 내리고, 헤드라이트를 켜는 차량들이 하나둘 늘어나고 있다. 차들은 좀처럼 앞으로 나가지 못하고 제자리걸음을 한다. 버스 기사는 고속도로 진입을 위해 수차례 도로를 우회해 보지만 번번이 정체된 도로와 마주한다. 결국 왕복 2차선 도로 위에 꼼짝없이 갇히는 신세가 되었다. 버스 안에서 6시간가량을 보내는 동안 그녀는 맛깔난 입담으로 답답한 시간을 지루하지 않게 해 주었다.

여행을 하다 보면 종종 생각지도 못한 일에 맞닥뜨릴 때가 있다. 지금의 경우가 그러하다. 좀처럼 앞으로 나아가지 못하는 버스에서 고민이 많은 인솔자가 한 가지 방법을 모색해 냈다. 시간이 촉박하긴 하지만 역까지 멀지 않으니 빠른 걸음으로 가면 신칸센 막차를 탈 수 있다는 얘기였다. 우리는 차에서 몸만 빠져나와 역을 향해 일사불란하게 움직였다. 그리하여 신칸센 막차에 겨우 올라탈 수 있었다. 우리는 탁월한 선택이었다며 박수로 환호했다. 그것은 여행의 묘미를 더해주는 사건이었다.

다음 날 아침 7시쯤 도착 예정이던 버스는, 아침 식사를 마치고 하루 일정을 시작할 무렵에야 겨우 호텔에 도착했다. 기사는 밤새 고속도로를 기어 왔던가 보다. 그는 짐들을 호텔 로비에 부리고, 다른 기사에게 운전을 맡기고 총총히 사라졌다. 눈의 나라 '설국'이 온몸으로 느껴졌다.

비행기 바퀴가 인천공항 활주로에 안착하자 그녀의 핸드폰이 바빠지기 시작했다. 누군가 지금 그녀를 마중 나오기 위해 대기 중인 듯하다. 가족들의 살뜰한 보살핌을 받는 여인은 행복하여라.

사람들은 모두 나를 건강하고 씩씩하게 본다. 보이지 않는 속이 문제지 겉은 멀쩡하니 어쩔 수 없다. 같이 사는 남편도 몰라주는데 누가 알아주길 바라겠는가. 나는 차남과 결혼했으나 맏며느리 역할을 하며 산다. 나를 일 잘하는 황소로 아는 남편 덕분이다.

이십여 년 전 시어머니께서 힘에 부친다며 제사를 큰아들에게 가져가라고 했다. 그러나 아주버님은 아내가 일을 해서 못 받아 간다고 거부했다. 제사를 서로 미루는 모습을 지켜보던 남편이 자신이 지내겠다며 넙죽 받아왔다. 내게 일언반구 한 마디 상의도 없었으니 나는 마른하늘에 날벼락을 맞은 격이다.

명절이나 제사 음식을 도와주겠다고 호언장담을 하던 남편의 약속은 물거품이 되었다. 내가 음식 준비를 하면 그는 배낭을 메고 산으로 향한다. 주방을 가까이하면 하늘이 무너지는지 담을 쌓고 산다. 일을 못 하면 칼이라도 미리 갈아주면 좋으련만 그조차도 부탁을 해야 겨우 해준다. 그리고 생색을 어찌나 내는지 차라리 내가 가는 게 속 편하다. 그렇게 나는 '칼을 가는 여자'가 되었다.

숫돌에 칼을 가는 일은 벼루에 먹을 갈듯 마음을 가다듬는 시간이다. 여자 팔자는 뒤웅박 팔자라더니 나는 남편 덕에 생각지도 못했던 많은 일을 하며 산다. 속이 좋을 리 없다. 무뎌진 칼을 갈아 쓰기 좋은 칼로 만들듯, 나는 내 모난 마음을 갈아 평정을 찾으려 한다.

집 앞 버스 정류장에 도착해 보니 그녀의 남편이 차를 대기하고 있다. 리무진 짐칸이 열리자 사람들이 각자의 짐을 꺼내기 시작한다. 그녀가 멀찍이 서 있는 자신의 남편을 바라보며 손가락으로 캐리어를 가리킨다. 아, 그녀도 공주였던가 보다. 내 주변엔 왜 이렇게 공주님들이 많은지 모르겠다. 나는 내 가방과 그녀의 캐리어를 꺼내 놓고, 서둘러 인사를 하고 돌아섰다. 그녀가 재빠르게 내 팔을 잡아당기며 집까지 태워다 주겠다고 한다. 마음이 고맙기는 한데 부담스럽다. 걸어가는 것이나 차를 타고 돌아가는 것이나 시간은 도긴개긴이다. 괜스레 신세 지고 싶지 않다. 그러나 그녀는 나를 놓아주지 않는다. 그냥 보내면 자신의 마음이 불편하단다. 타고 가면 내 마음이 불편하다. 실랑이하는 우리를 지켜보고 있던 그녀의 수행원이 한마디 거든다.

"이 앞에 유턴할 곳 없어."

나는 힘껏 그녀의 손을 떼어내고 줄행랑치듯 달렸다. 한 손은 캐리어 손잡이를 움켜쥐고, 또 다른 한 손은 자유를 쟁취한 승자처럼 힘차게 흔들면서.

# 사랑을 찾습니다

빛으로 가득 찬 공간 속에서 사방을 둘러본다. 지척을 가늠할 수 없는 짙은 안개 속 같다. 나오시마 섬에서 처음 접했던 빛과 공간의 예술가 '제임스 터렐'의 작품을 이곳 〈뮤지엄 산〉에서 다시 만났다. 그의 작품은 여전히 신비로움을 안겨준다. 작품 속 중앙에서 내가 걸어 들어온 입구 쪽을 뒤돌아본다. 작품의 안과 밖을 경계하는 직사형의 입구가 붉은빛 액자 같다. 흰 벽을 등지고 들어왔으니 흰색으로 보여야 할 곳이 붉은빛이다. 문득, 삶도 주변 환경에 의해 다른 모습으로 보여질 수 있겠다는 생각이 든다.

얼마 전 친정엄마를 잃은 친구는 식음을 전폐하다시피 슬픔에 빠져있다. 나는 친구가 겪고 있는 깊은 상실감이 헤아려지지 않는다. 그녀처럼 부모님께 각별한 사랑을 받지 못했기 때문일까. 자라온 환경과 삶의 방식이 다르니 감정표현에도 차이가 나는 모양이다.

친정아버지가 돌아가셨을 때 나는 서럽게 울지 않았다. 자식의 도리로 곡을 했다. 나는 아버지를 사랑하지 않았다. 아니 못했다는 게 더 정확한 표현일 것 같다. 아버지에 대한 감정은 나의 청소년 시절을 우울하게 하고, 그 이후 내 모든 삶에 영향을 끼쳤다.

아버지의 사업이 망해서 단칸방에서 여섯 식구가 살 때다. 엄마가 생활비를 벌기 위해 봉제공장을 다녔다. 정부미조차 배불리 먹기 힘들던 시절, 엄마는 빈 도시락통을 들고 다니며 점심시간에 물로 배를 채웠다. 엄마가 일 때문에 집에 들어오지 못하던 날, 잠결에 눈을 뜨니 내 어깨 부근에 아버지가 엉거주춤 앉아있었다. 눈이 마주친 아버지는 아무 일도 없다는 듯이 잠든 동생들 머리맡을 지나 당신 잠자리로 갔다. 뭔가 석연찮은 기분이 들었지만, 다시 잠이 들었다.

평소와 다름없는 날이 지나갔다. 잠을 자다가 어떤 기운을 느꼈는지 잠이 깼다. 또 눈앞에 엉거주춤 앉아있는 아버지를 보고 놀랐다. 아버지가 무슨 의도로 내 주변을 맴도는지 의심스러웠고, 한편으론 무서웠다. 안 그래도 가난 속에 허덕이게 하여 미웠던 아버지, 이제는 두려움까지 안겨주는 아버지가 싫었다.

나는 학교가 끝나면 친구들과 해찰하다 해 질 녘이 되어서야 집에 들어갔다. 동생들도, 저녁 준비도, 안중에 없고, 세상에 나처럼 불행한 사람은 없을 거라는 생각만 들었다. 우울했다. 이런저런 핑계를 만들어 이웃에 사는 친구 집에서 자는 일이 잦아졌다. 엄마가 내게 동생들 안 챙기고 집 밖으로 나돈다고 꾸지람을 했다. 나는 꾹꾹 누르고 있던 울분을 터뜨렸다. 엄마는 나를 보호해 줄 수 없는 사람이라고, 집이 숨 막히게 싫다고.

전기 설비기술 학원에 다니던 아버지가 중동으로 떠났다. 아버지의 부재는 엄마의 원망 섞인 잔소리를 사라지게 했다. 그와 함께 나의 불안감도 잠들게 했다. 나는 엄마, 동생들과 평온한 시간을 보낼 수 있었다. 오랜만에 평화로웠다.

시간은 빠르게 흘러 아버지의 근로계약 만료 기간이 가까워졌다. 그동안 우리는 방이 세 개 딸린 작은 집을 장만해 살고 있었다. 부엌과 붙은 안방은 엄마가, 대청마루 건넌방은 나와 여동생이, 마당 한편의 마루 딸린 방은 남동생들이 차지하고 있었다. 마당 한 켠에는 창고가 있고 장독대로 올라갈 수 있는 계단이 있었다. 나는 그 계단에 앉아 마루에 걸터앉은 동생들과 시시껄렁한 이야기를 나누며 평온한 시간을 보내곤 했다. 담장 밑 작은 텃밭에선 밥상에 오를 푸성귀가 자라고 있었다.

아버지가 다시 시작한 일들은 매번 결과가 좋지 않았다. 자금을 조달한 엄마는 빚쟁이가 되어 시달려야 했고, 다시 아버지를 향한 불평과 불만의 소리가 높아갔다. 내 마음속엔 화가 쌓여갔다.

결혼을 하면 나를 옥죄는 모든 것에서 벗어날 줄 알았다. 하지만 나는 친정 일에서 완전히 벗어나지 못했다. 명절 후 들른 친정집에서 끝내 언성을 높이고 말았다. 아버지는 제발 집안 시끄럽게 하는 일 좀 그만두라고, 엄마 우는 소리도 이제 지긋지긋하다고 했다. 친정이 없는 것만도 못하다는 생각이 들었다.

골수형성이상증후군이라는 혈액암으로 투병하던 아버지가 세상을 등진 날은 몇 년 만에 맞은 한파로 몹시 추웠다. 선산에는 폭설까지 내렸다. 눈을 치우고 꽁꽁 언 땅을 포크레인이 파내려갔다. 아버지의 관이 땅속으로 내려갈 때, 나는 내 어깨를 짓누르고 있던 짐 하나도 함께 부려놓았다.

아버지가 안 계신 지금 엄마는 편안한가. 그렇지 못하다. 대화 중에 한숨 쉬는 것은 다반사다. 눈물까지 보이면 나는 좌불안석이 된다. 나는 아직 엄마의 감정변화에서 자유롭지 못하다. 아버지가 돌아가셨을 때 나는 짐 하나를 내려놓았다고 생각했다. 하지만 그것은 나의 오산이었다. 내가 짊어진 짐의 무게는 더 무거워졌다. 아버지가 감당했던 짐의 무게와 정체를 이제 조금 알 것 같다.

나는 그동안 가장의 보호를 받지 못하고 삶에 지친 엄마의 시선으로 아버지를 보며 살았다. 거기에 내 왜곡된 감정까지 보탰으니 아버지를 제대로 보았을 리 만무하다. 사소한 말 한 마디, 눈빛 한 점에도 낭떠러지가 보이던 사춘기. 아버지의 물리적인 접촉이 없었음에도 나는 불안하고 무서웠다. 아버지에게 왜 그러냐고 한 마디 물어보지도 않고, 혼자 수치스러운 상처로 끌어안고 살았다. 이런 상처를 가진 사람은 주변에 없을 거라고 생각하면서 말이다.

나의 이런 생각은 사람들과 감정 소통을 하는데 장애물이 되었고, 때때로 사람들에게서 이질감을 느끼는 원인일지도 모른다. 오랜 시간이 흐른 후에, 내가 수치심으로 생각했던 것을 용기를 내어 끄집어내 보니, 아무 일도 없었고 아무 일도 아니었다. 그것은 예민한 사춘기에 내가 만든 허상일 뿐이었다.

이제는 빛의 공간 속에서 벗어나야 할 시간. 천천히 걸음을 옮긴다. 붉은빛이 옅어지더니 흰 벽이 보인다. 거기 아버지의 모습이 있다. 한 번도 애틋한 사랑의 감정을 느껴보지 못했던 나의 아버지가.

Chapter 2

# 이웃집 여인의 향기

나의 봄은 언제였고, 여름은 언제였을까.
결혼 전이 봄이고, 결혼 후가 여름의 시작이었을까.
그렇다면 지금 나는
어느 계절을 걷고 있는 것일까.
살면서 어려움에 맞닥뜨리게 될 때마다
이것만 지나가면 걱정 근심이 없어질 거라고 생각했다.
하지만 걱정거리는
늘 새로운 모습으로 내 주변을 맴돌았다.
산다는 것은 걱정 근심 보따리를 바꿔가며 사는 것이라는
생각이 든다.
-본문 중에서

# 친절한 경자 씨

아침 출근 시간인데 전철 안이 예상외로 혼잡하지가 않다. 재택근무하는 사람이 많아서 그런가 보다. 서울역에서 내려 약속 장소인 11번 출구를 향해 걸어간다. 너무 일찍 도착한 탓인지 아무도 보이지 않는다. 한참을 서 있으려니 날씨가 제법 쌀쌀하게 느껴진다.

나는 오늘 가톨릭 재단에서 운영하는 천사 도시락 주방 봉사를 하러 가는 길이다. 언젠가 한 지인이 내게 봉사 좀 해보지 않겠냐고 물어 온 적이 있었다. 그때 나는 집안 식구들과 시댁, 친정 일로 봉사는 충분히 하고 있다고 말했다. 그랬더니 가족들에게 하는 것은 의무고, 남에게 하는 것이 봉사라고 했다. 내가 남에게 한 봉사가 뭐가 있을까 생각해 봤지만 짚이는 게 없다.

그러니까 오늘 나에게 남을 위해 봉사하는 기회를 준 그녀에 대해 이야기를 해야겠다. 내가 그녀를 처음 만난 것은 한양 답사에서다. 그 답사 모임은 강남문화원과 서초여성회관에서 회원을 모집하여 운영되는 것으로, 매주 수요일 답사 현장과 가까운 전철역에서 만나, 걸어서 한양의 역사 현장을 둘러보는 프로그램이다.

내가 그런 강좌가 있다는 것을 알게 된 때는 이미 접수 기간이 지났을 때였다. 혹시나 해서 선생님께 직접 전화를 드렸더니 괜찮다고 해서 수요일 옥수역으로 나갔다. 그곳에서 처음 만난 일행들과 답사를 시작했다. 당시 그녀가 모임의 회장이었는데 처음 만나는 나를 오래된 친구 대하듯 친근하게 대해줬다. 그날은 동빙고터와 옥수나루터 등 주변에 남은 역사현장을 둘러보고, 지하철을 타고 동호대교를 건너 한명회의 정자가 있던 자리에서 압구정에 대한 유래를 듣고 답사를 마쳤다. 그녀와 나는 동갑내기로 한양 답사를 다닌 이후에는 도보여행 카페에 가입하여 한 달에 한두 번씩 뚜벅이 여행도 다녔다.

그녀는 하는 일도 많았다. 그림을 그리고, 악기를 배우고, 수예를 놓는다. 기독교 신자이면서 성당에서 하는 성경 공부를 하더니 성지순례도 다녔다. 언젠가는 오페라 해설반을 만들었다고 오라고 하는데, 하필 독서 모임이 있는 화요일이라 참석

할 수 없었다.

약속 시간이 되자 하나, 둘 모습을 나타내기 시작한다. 선덕 언니와 경자 씨, 온양에서 올라왔다는 여자 한 명까지 총 4명이다. 초면인 온양 사람은 경자 씨 아들의 친구 엄마로 남편과 함께 온양에서 목회 활동을 한단다. 그는 오늘 봉사도 하고 시스템도 배우러 왔다고 한다.

겉옷과 소지품을 이층 사무실에 놓고, 아래층에서 신발을 장화로 갈아신고 앞치마와 두건을 착용하면 복장 준비는 완료된다. 커다란 스테인리스 솥에 쌀을 씻어 불리고, 반찬 준비를 시작한다. 오늘의 메뉴는 김치, 올갱이 묵, 오뎅 볶음, 시금치 계란 볶음이다.

계란을 깨뜨려 놓는 것부터 시작이다. 어묵, 양파, 대파를 썰고, 올갱이 묵을 자르고 시금치를 준비한다. 한쪽에선 요리를 시작하고 한쪽에선 칼, 도마, 그릇들을 설거지한다. 요리가 끝난 반찬은 네모진 반찬통에 담아 테이블에 2열로 배열해 놓는다. 주방 팀이 일회용 도시락 용기에 밥을 담아 주면, 파란 조끼를 입은 배달 봉사자들이 일사불란하게 반찬을 담는다. 검은색 가방에 몇 개의 도시락을 담아서 봉사자들이 어깨에 메고 배달을 나가면, 주방에선 마지막 단계인 설거지와 청소가 시작된다.

처음 해보는 일이었지만 여럿이 하니 재미도 있고 보람도 있다. 제일 어려웠던 일은 커다란 스테인리스 솥을 닦는 일이었다. 초보자들이 뭣도 모르고 달려들어 닦아 보고는 놀라는 것이 솥의 무게라고 한다. 나도 닦으면서 그런 생각을 했다. 손목도 안 좋은데 다음에는 이것은 피해야….

경자 씨가 동작대교 아래 분위기 좋은 카페에 점심 예약을 해 놨다고 가자고 한다. 온양에서 온 목사 사모는 아픈 남편이 신경 쓰인다며 역전으로 종종걸음쳤다.

바쁘기로 말하면 나도 바쁘다. 큰딸 내외와 친정엄마를 모시고 2박 3일 강원도 여행을 마치고 돌아오는 차 안에서 남편의 전화를 받았다. 코로나 확진자가 있는 모임을 다녀와서 검사를 받고 집에 있단다. 나는 내일 차량 봉사가 약속되어 있다. 노파심에 집에도 못 들어가고 친정집에서 하루를 자고 봉사를 나왔다. 남편이 음성 판정을 받았다고 하니 친정집에 가서 내 여행 짐도 찾아와야 하고, 남편과 아들이 지냈던 집에는 치워야 할 일이 태산일 것이다. 그런데 나는 지금 사람에 취해 해찰을 하고 있다. 사람 때문에 힘들어하면서 또 사람의 손을 잡고 있으니 무슨 아이러니인가.

카페에 앉아 바라보는 창밖 풍경이 외국 부럽지 않다. 한강을 가로지르는 동작대교, 우뚝 솟은 이촌동 아파트, 남산 타워,

푸른 하늘과 구름, 코앞에서 찰랑대는 물살, 마치 내가 배를 타고 어디론가 유유히 떠내려가는 듯하다. 풍경이 좋고, 함께 하는 사람이 좋고, 마음이 편안하다. 좋은 기회마다 나를 불러주는 경자 씨는 참 친절하다. 경자 씨와 오랫동안 잘 지냈으면 좋겠다.

# 사철가에 빠지다

오늘도 어김없이 노랫가락이 곤한 아침잠을 흔든다. 이 소리는 남편의 아침 기척과 저녁 취침을 알려주는 신호음이 되었다. 귓등으로 들어도 가사가 외워질 지경으로 시도 때도 없이 틀어대니, 머리에서 쥐가 나고 헛소리마저 들리는 것 같다.

얼마 전 남편은 부모님 상을 당한 고향 친구를 조문하기 위해 친구들과 함께 고향을 다녀왔다. 내려가는 전세버스 안에서 한 친구가 노래를 불렀는데 구성지게 잘 불렀던가 보다. 조문을 마치고 집으로 돌아오기가 바쁘게 유튜브에서 그 노래를 찾아서 내게 들려줬다. 그것은 〈사철가〉로 판소리를 시작하는 사람들이 목을 풀기 위해 부르는 소리라고 한다. 가사를 들어보니 꽃, 녹음, 단풍, 백설 등 사계절의 변화를 보면서 인생무상을 노래하고 있다.

집 안에서 일어나는 일엔 관심이 없는 남편과 살아야 하는 나는 늘 동동거리며 산다. 아직 미혼인 자식은 물론 출가한 자식도 내 손길이 필요하고, 홀로 되신 친정엄마나 시어머니도 내 몫이다. 나 자신을 위한 시간으로 여행이나 답사를 다니다 보면 늘 무엇에 쫓기는 사람처럼 바쁘다. 그러니 한가하게 세월 타령하는 노래가 귀에 들어올 리 없다.

듣기 싫다 해도 남편은 주야장천 사철가를 틀어댄다. 가랑비에 옷 젖는 줄 모른다더니 귓등으로 흘려듣던 노래 가사가 언제부턴가 내 귀에 들어오기 시작한다. 반백의 남편이 즐겨 듣는 이유를 조금은 알 것도 같다.

"이 산 저 산 꽃이 피니 분명코 봄이로구나. 봄은 찾아왔건마는 세상사 쓸쓸하드라. 나도 어제 청춘일러니 오늘 백발 한심하구나…."

백발노인은 꽃피는 봄이 속절없이 가버린 청춘처럼 왔다 갈 것이 뻔하니 반겨봐야 쓸데없으니 갈 테면 가라고, 봄이 가면 꽃보다 아름다운 신록의 여름이 온다고 자조 섞인 소리를 한다. 여름은 녹음이 짙어갈수록 더위는 기승을 부리고, 그 더위를 잘 견뎌내는 사람만이 아름답고 풍요로운 가을을 맞을 수 있을 것이다.

젊었을 때 나는 건강한 몸 하나 믿고 살았다. 몸도 기계처럼 아끼고 기름도 쳐가면서 써야 한다는 생각을 하지 못했다. 사실 그럴만한 형편도 아니었다. 일을 보면 참지 못하는 성격도 문제다. 얼마 전부터 몸이 삐걱거리기 시작해 게으름도 피우고 잔꾀도 부려보고 있다. 주문처럼 '무쇠도 녹는다'를 외우면서.

소리는 녹음방초의 여름과 황국 단풍의 가을을 지나 찬바람에 백설이 천지를 뒤덮는 겨울로 치닫는다. 천지가 백설로 덮이니 모두가 백발의 벗이란다. 이것은 관용일까 포용일까.

나의 봄은 언제였고, 여름은 언제였을까. 결혼 전이 봄이고, 결혼 후가 여름의 시작이었을까. 그렇다면 지금 나는 어느 계절을 걷고 있는 것일까. 살면서 어려움에 맞닥뜨리게 될 때마다 이것만 지나가면 걱정 근심이 없어질 거라고 생각했다. 하지만 걱정거리는 늘 새로운 모습으로 내 주변을 맴돌았다. 산다는 것은 걱정 근심 보따리를 바꿔가며 사는 것이라는 생각이 든다.

속절없이 흘러가는 세월에게 가지 말라고 애타게 부르짖는 백발노인은 북망산천의 흙이 되어 만반진수를 받는 것은 살아서 일배주를 받는 것만 못하다고 한다. 그러니 남아있는 벗님들에게 술 한 잔 주고받으며 거드렁거리며 놀아보자는 것이다.

처음 이 소리를 들을 때는 '거드렁거리며 놀아보자'라는 말이 거슬렸다. 그런데 역지사지로 들여다보니 이해가 된다. 벗들과 술 한 잔을 나누겠다는 것은 아직 건강하다는 뜻이며, 거드렁거리며 놀아보자는 것은 백발이 될 때까지 열심히 살았으니 북망산천의 흙이 되기 전에 어깨에 힘 좀 주고 한 번 놀아보겠다는 의미가 아니겠는가.

내 나이는 가을로 접어들 때인데 하는 일을 보면 아직 여름을 벗어나지 못하고 있다. 하지만 막바지의 여름도 언젠가는 지나갈 것이고, 나무가 옷을 벗듯 나도 짊어졌던 짐들을 부려놓고 가벼운 몸으로 가을을 맞게 되리라. 그러면 나도, 겨울 찬바람에 천지를 하얗게 물들인 백설과 벗을 삼고, 친구들을 불러들여 거드렁거리며 진탕 놀아보고 싶다.

## 그깟 도토리가 뭐라고

월정사 전나무 숲길, 친정엄마가 외손주의 손을 잡고 한 걸음 앞서 걸어가고 있다. 다람쥐들은 나뭇가지를 오르내리거나 길을 무단으로 횡단하며 부산하게 움직인다. 더러는 사람을 피하지 않고 먹이를 받아먹기도 한다. 친정엄마와 손주가 걸음을 멈추고 그 모습을 신기한 듯 바라본다. 나도 가까이 다가가 다람쥐를 보고 있으려니 오래전 도토리를 탐했다가 혼이 난 기억이 난다.

젊어서 남편은 등산을 자주 다녔다. 나는 산을 썩 좋아하는 편이 아니었는데, 남편 손에 이끌려서 대둔산, 무등산, 설악산 등을 오르내렸다. 당시의 교통수단은 기차나 버스였다. 배낭엔 침낭, 텐트, 코펠, 버너 등 짐이 많았다. 지금처럼 가볍고 좋은 등산용품이 아니라서 부피도 크고 무거웠다.

결혼하고 아이를 낳아 키우면서 한동안 산을 잊고 살았다. 어느 가을, 남편이 설악산을 가자고 했다. 어린아이를 누군가에게 맡겨야 한다는 것과 무거운 배낭을 메고 험한 산에 올라야 한다는 생각에, 썩 내키지 않았지만 따라나서게 되었다. 두 살 무렵의 첫애를 시댁에 맡기고 집을 나서려는데, 시어머니께서 추석에 묵 쒀먹게 도토리나 좀 주워오라고 하셨다.

대청봉에 올랐다가 희운각에서 공룡능선 마등령으로 내려오는 길이었다. 잠시 쉬고 있는데 주변에 도토리가 지천으로 널려있었다. 도토리를 보니 집을 나설 때 시어머니께서 하신 말씀이 떠올랐다. 아이를 맡기고 나와서 죄송했는데 잘됐다 싶어 도토리를 줍기 시작했다. 줍는 재미가 쏠쏠하였다. 남편이 버스 놓치겠다고 재촉하여, 도토리를 두 뭉치로 나누어, 남편과 내 배낭에 하나씩 쑤셔 넣었다. 배낭을 짊어지니 묵직함이 느껴졌다. 남편이 내게 괜찮겠냐며 무거우면 도토리를 덜어내라고 했다. 그러기엔 너무 아깝다는 생각이 들었다. 나는 내려가는 길이니 괜찮다며 남편을 앞세우고 내려오기 시작했다. 배낭은 시간이 갈수록 무겁게 느껴졌다. 걸음이 더뎌지고 가다 서기를 수없이 반복했다. 짐의 무게에 눌려 두 팔이 저려와 배낭을 추스르며 걷는데 남편이 도토리는 왜 주워 이 고생이냐며 투덜거렸다. 나는 할 말이 없어 묵묵히 고통을 참으며 걸었다.

갈 길은 먼 데 날까지 어두워지기 시작했다. 내려오는 길은 고난의 길이었다. 짐의 무게와 싸우느라 나는 천불동 계곡, 비선대를 어떻게 지나왔는지 기억이 없다. 아무것도 보이지 않았다. 소공원으로 내려왔을 땐 어둠이 까맣게 내려앉고 있었다. 속초 시내로 나가는 버스는 이미 끊긴 상태였다. 설악동 마을까지 계속해서 걸어야 했다. 천릿길같이 느껴지는 그 길을 걸으며 남편의 잔소리는 높아가고 두 발은 모래주머니를 찬 듯 무거웠다. 두 팔은 저리다 못해 감각을 잃어가고 있었다. 갑자기 이 모든 상황이 서러웠다. 미안한 마음과 섭섭한 생각이 교차되어 꾹꾹 참고 있던 눈물이 주르륵 흘렀다. 그것은 지옥의 행군이었다.

나는 왜 그렇게 도토리를 죽을 힘을 다해 짊어지고 왔을까. 남편의 잔소리에 왜 눈물만 흘리고 있었을까. 그 도토리 뭉치를 냅다 집어 던지거나, 배낭을 벗어 던지고 쌩하니 가버리지 못했을까.

나는 아이를 맡아주신 시어머니께 당신이 원하는 도토리를 안겨드리는 것으로 신세를 갚고 싶었다. 그 속도 모르고 잔소리를 해대는 남편이 미웠다. 다른 한편으론 내가 만든 짐을 끝까지 함께 메고 가는 것이 미안했다. 일을 만들어 고생하는 나 자신이 한없이 원망스럽고 싫었다. 그때 나는 그것을 벗어 던

질 생각을 못했다.

숲길은 몸과 마음을 여유롭게 한다. 손주의 손을 잡고 걸어가는 친정엄마의 뒷모습이 편안해 보인다. 어깨를 맞대고 걸어가는 두 딸의 모습도 다정해 보인다. 그때 나도 저렇게 남편과 손이나 잡고 내려올 걸. 그깟 도토리가 뭐라고 그리 챙겼는지….

## 이웃집 여인의 향기

화단에 내놓았던 화분이 낯선 화분과 함께 담장 위에 올라가 있다. 누가 그런 걸까. 앞집부터 4층까지 한 집씩 사람들을 떠올려 봤다. 마땅히 짚이는 사람이 없다.

도심 주택가로 이사를 하니 교통이 편리해서 좋지만, 주변 환경이 그전만 못하게 느껴진다. 과천에 살 때는 산이 가깝고 나무들이 많아서 계절의 흐름을 온몸으로 느끼며 살았는데, 이곳은 주택가 밀집 지역으로 주변이 다소 삭막하다.

내가 살고 있는 4층 연립주택 주변은 벽돌담과 대리석 바닥으로 말끔하게 정리되어 있다. 이웃 건물과 경계를 가르는 담장 밑 화단에는 향나무 몇 그루와 철쭉이 자라고 있다. 안방 창문 옆에는 은행나무 한 그루가 서 있고, 건물을 둘러싸고 키 작은 사철나무와 철쭉이 심어져 있다.

어느 날 체구가 작은 노인이 우리 집 현관문을 두드렸다. 우리 집과 담을 같이하고 있는 초등학교로 손주를 등교시키는 할아버지라고 했다. 찾아온 이유는 이러했다. 건물 앞쪽의 철쭉 가지가 아이들에게 위험하게 보여 학교에 건의했더니 직접 가서 말하라고 했다는 것이다. 할아버지한테는 알겠다고 대답을 했다. 그런데 이걸 누구와 의논해야 되는 것인지 알 수가 없었다. 내가 들었으니 내가 해결하면 될 것 같았다. 다음 날 새벽, 전지가위를 들고 나가 철쭉 가지를 볼썽사납지 않을 정도까지 시원하게 잘라버렸다.

앞집으로부터 반장을 넘겨받았다. 이곳은 반장을 한 해마다 돌아가며 맡아서 관리비로 일 년 살림을 한다. 일 년에 한 번 정화조 청소를 맡기고, 매달 계단 청소업체에 청소비를 지출하고, 공동전기료를 납부하는 것이 할 일이다. 별거 아니라고 생각했는데 복병이 있었다. 화단 관리와 겨울철 눈 치우기다. 남편이 일주일에 한 번씩 지하 창고에서 호수를 꺼내와 베란다 수도에 연결하여 화단에 물을 주었다. 꽃과 나무가 자라는 곳에는 잡초도 자란다. 담장 옆 화단은 출입구 쪽이므로 오가며 눈에 띄는 대로 뽑으면 되는데 앞쪽이 문제다. 비스듬한 경사면으로 작정을 하고 올라가 잡초를 제거해야 한다. 녹음이 짙어가면 키 작은 사철나무보다 잡초 키가 더 높아진다.

잡초들이 키를 늘리는 것을 거실 창으로 빤히 지켜보다가 일요일 새벽 작업복 차림으로 집을 나선다. 긴바지, 긴 셔츠에 장화, 장갑을 끼고 모자까지 눌러쓴다. 비록 내 집 앞을 관리하는 것이기는 해도 주변 사람들에게 잡일 하는 모습을 보이긴 싫다. 사람들이 아직 잠에서 깨어나지 않은 시간에 우렁각시처럼 일하는 것이 마음 편하다.

요즘 티브이 프로 중에 옛날 모습을 돌아보게 하는 프로가 있다. 그 프로를 보고 있으면 옛날 이웃사촌들이 생각난다. 과천 아파트가 재개발되기 전 저층 아파트에 살 때다. 일주일에 한 번씩 이웃들과 함께 계단 물청소를 했다. 5층에서 시작된 청소가 2층 우리 집에 이르면 나는 물 양동이를 들고 나가 바가지로 시원스럽게 물을 좍좍 뿌리며 비질을 했다. 아이들이 놀이터에서 묻혀온 모래가 참 많이도 나왔다. 계단 청소가 끝나면 어느 한 집에 모여 국수를 삶거나 수제비를 끓여 먹었다. 친목도 다지고 정도 나누는 자리였다. 지금처럼 넉넉한 살림은 아니었지만, 문턱도 낮고 이웃 간에 정도 많았다. 사람 사는 맛이 나던 시절이었다.

외출하려고 집을 나서는데 전나무 가지에 감나무 한 묶음이 달린 것이 보인다. 납작한 물고기 모양의 풍경도 달려 있다. 그간 없었던 일이다. 아무래도 담장을 함께 쓰는 이웃집으로 새로 이사 온 사람이 꾸민 것 같다. 그 집에서 보면 밋밋한 회색 빛 담장 너머로 우리 집 화단에서 자라는 향나무와 전나무가 보일 것이다. 그 사람은 제집에서 보이는 우리 집 나무들을 꾸미기 위해 담장을 지나다녔나 보다.

담장에 올려지는 것들이 자주 바뀐다. 들여다보는 재미가 있다. 나뭇가지에서 풍경이 댕그랑거린다. 어떤 날은 허리를 도려낸 페트병을 이용해 꽃을 꽂아 놓고, 어떤 날은 낡은 약탕기에 꽃이 꽂혀 있다. 연말이 다가오자 담장 위에 노랑 혹 가지(여우 얼굴)가 한 다발 올려져 있고, 나뭇가지에 리스가 걸려있다. 바라보는 것만으로도 눈과 마음이 즐겁다. 집 앞에 누군가 슬쩍슬쩍 버리고 가는 쓰레기로 상한 마음이 주변을 이쁘게 꾸미는 이웃의 손길에 치유를 받는 듯하다. 삭막한 도시 한복판. 얼굴도 모르는 이웃집 여인에게서 따뜻한 향기를 맡는다.

## 붉게 타들어 간다

산길을 오른다. 누군가 밟고 지나간 길 위에 내 걸음을 얹는다. 얄팍하게 깔린 카펫 위를 걷는 듯 발밑으로 느껴지는 감촉이 부드럽다. 길은 있는 듯 없는 듯 나무 사이를 누비며 구불구불 위로 향하고 있다.

산으로 오르는 여러 갈래 길에서 나는 인적이 뜸한 좁은 산길을 택한다. 날씨 탓에 고운 단풍 보기가 어려울 것이라는 말이 무색하게 뒤늦게 물든 단풍이 곱기만 하다. 골을 따라 낙엽이 가득하다. 지난여름 폭우로 만들어진 물길에 다 떠내려갔을 법도 한데, 낙엽들이 가벼운 제 몸 위에 또 몸을 얹으며 골의 깊이를 헤아릴 수 없게 쌓여 있다.

산속에 혼자 있으니 편안하다. 남의 시선을 의식할 필요가 없어서 좋다. 열등의식과 나를 억압하는 것들에서 벗어나는 시간. 나는 비로소 완전한 자유를 만끽한다.

언제부턴가 입버릇처럼 힘들다는 말을 하고 있다. 별것 아닌 일도 힘들게 느껴지고 귀찮게 생각된다. 스스로 느끼기에도 몸에서 진이 다 빠져나간 것 같다. 기분 전환을 위해 맛있는 음식을 먹고, 여행을 다니고, 사람을 만나 수다를 떨어도 돌아서면 다시 맥이 풀리고 허전함이 밀려든다. 왜 그럴까. 이유를 알 수가 없다.

우연한 기회에 심리학 이론 중 '조하리의 창'이라는 것을 접하게 됐다. 이것은 나와 타인 간의 관계 중, 서로의 마음 상태를 창문에 비유한 것으로 가로, 세로 총 4개의 창으로 이루어져 있다. '열린 창'은 나도 알고 타인도 아는 공공영역, '숨겨진 창'은 나는 알지만 타인은 알지 못하는 사적인 영역, '보이는 창'은 타인은 알지만 나는 모르는 영역, '미지의 창 & 암흑의 창'은 나와 타인 모두가 인지하지 못하는 영역이다.

나에게는 '열린 창'과 '보이는 창'에 비해 '숨겨진 창'과 '미지의 창'이 많은 부분을 차지하고 있을 것 같다. 내 안에는 타인에게 보여지는 나와 보여지지 않는 내가 있다. 타인에게 보여지지 않는 나에게는, 나도 모르는 나와 남에게 드러내고 싶지 않은 내가 공존한다. 내가 어떤 사람과 관계를 맺느냐에 따라 이 창들이 차지하는 공간들도 달라진다.

사람들에게는 다양한 형태의 크고 작은 열등감이 있다. 남에게 드러내지 않고 감추는 것이 많으면 많을수록 에너지도 많이 사용된다고 한다. 나의 열등감은 남들보다 많은 에너지를 소모할 만큼 큰 부분을 차지하고 있는가 보다.

얼마 전 나는 스스로는 느끼지 못하는 머리 떨림 현상이 나타나 병원에 입원하여 검사를 받았다. 의사는 내게 가슴에 화가 많고, 몸도 신경도 과부하에 걸렸다고 했다. 그리고 나에겐 열등의식과 함께 착한 사람 콤플렉스도 있다고 했다. 나는 남들이 나를 착한 사람이라고 하는 걸 무척 거부하며 살았다. 왜냐하면 나는 내게 주어지는 일들을 좋아서 하기보다는 싫은 소리 듣기 싫어서 억지로 하는 경향이 많기 때문이다. 그런데 그게 '착한 사람 콤플렉스'라니 할 말을 잃는다.

아들러는 사람들은 자신의 열등감을 극복하기 위해 자신을 가꾸고, 사람들과 교류하며, 목적을 향해 노력한다고 말했다. 열등감을 극복하는 과정은 사람마다 서로 다르며, 이것이 바로 그 사람의 인생 스타일이라는 것이다.

그동안 나는 우울감에서 빠져나오지 못하고 자기 연민에만 빠져있었던가. 나의 열등감을 인정하고 싶지 않은 무의식이 사람들의 사랑을 차단시키고 있는 것은 아닌지 모르겠다. 바람을 탓하지 않는 나무처럼, 태양을 원망하지 않는 사막처럼, 나에게도 주어진 삶을 의연하게 받아들일 힘이 있었으면 좋겠다.

산이 단풍으로 붉게 타고 있다. 타는 것이 어디 산뿐일까. 내 가슴도 붉게 타들어 간다.

## 동백이 필 때면, 문득

동백이 피고 지는 계절이다. 동백꽃은 나뭇가지에서 한 번, 땅 위에서 또 한 번의 삶을 산다. 통꽃으로 떨어진 꽃들이 나무 아래 붉은 꽃밭을 만들어 놓았다. 동백이 필 때면 '모란 동백' 노래가 생각난다. 그리고 이 노래를 들으면 누군가가 떠오른다.

그분은 노래 부르는 자리에 서면 늘 이 노래를 불렀다. 처음으로 들은 노래였는데 참 애잔하다는 생각이 들었다. 이후 다른 가수들이 부르는 노래를 찾아서 들어보았으나 같은 느낌을 받을 수는 없었다.

그분은 늦깎이 공부를 시작하면서 알게 되었다. 사진도 찍고 시도 짓는 문학인으로 출판계통의 사업을 하는 것 같았다. 몇 명의 친구들과 그의 손에 이끌려 시 공부를 다녔다. 얼마 지나지 않아 하나둘 그만두기 시작했다. 나도 소질이 없음을 깨닫고 그만두었다. 나는 그때 읽기는 쉬워도 쓰기는 어렵다는 것을 알게 되었다.

그가 동기들에게 인물사진을 하나씩 찍어주었다. 나도 다른 사람들처럼 약간 옆모습을 찍어주었는데, 내 코를 보고 잘생겼다고 했다. 귀가 잘생겼다는 소리는 들었어도 코가 잘생겼다는 소리는 처음 들었다. 잘생겼다는 내 코는 만성 알레르기를 앓는 애물단지다. 잘생긴 내 귀는 머리카락에 가려서 잘 보이지도 않는다. 얼굴 사진을 그렇게 크게 확대해 받을 줄 알았더라면 신경을 좀 쓰고 찍을 것을 그러지 못한 것이 아쉽다.

몇 년 후에 그를 다시 만나게 되었을 때, 예전과 다른 분위기가 느껴졌다. 어깨가 축 처진 뒷모습은 남편이 자주 쓰는 말을 떠오르게 했다. "남자는 주머니가 마르면 힘이 없어." 왠지 남편 말이 맞는다는 생각이 들었다.

남편은 그런 생각을 갖고 있어서인지, 시어머니 몰래 시아버지 주머니에 슬쩍 돈을 넣어드린다. 내가 보내는 시댁 생활비를 시아버지께서 관리하는데도 말이다. 같은 남자라서 그랬을까.

남편이 시어머니 주머니에 슬쩍 돈을 찔러 넣는 모습은 보지 못했다. 여자도 주머니가 마르면 힘이 없다는 것을 남편은 모르는 것일까. 모르는 척하는 것일까. 사람은 다 똑같다고 귀에 대고 말하고 싶다.

그분의 작은 아들이 급작스럽게 세상을 등졌다. 그는 아내와 함께 강원도 어딘가로 떠나버렸다. 자식을 앞세우는 부모는 왜 죄인 아닌 죄인이 되는지 모르겠다. 마음이 시끄러울 때는 아무도 모르는 곳에 가서 사는 것도 괜찮은 방법일 것 같다. 이따금 풍문으로 전해오던 그의 소식도 어느 순간 뚝 끊어졌다. 무소식이 희소식이라고 하면서 지내다가도 동백꽃이 피고 모란 동백 노래가 흘러나오면 문득, 생각이 난다.

'…세상은 바람 불고 덧없어라. 나 어느 바다에 떠돌다 떠돌다 어느 모래벌판에 외로이 외로이 잠든다 해도, 또 한 번 동백이 필 때까지 나를 잊지 말아요. 또 한 번 모란이 필 때까지 나를 잊지 말아요. 나를 잊지 말아요.'

그가 자신을 잊지 말라고 말을 건네는 것 같다. 그는 어쩌다 이 노래를 그렇게 즐겨 불렀던 것일까. 마치 뭔가를 예감이나 한 듯이. 애절하게 부르던 목소리에서 인생의 슬픈 물기가 느껴진다. 나에게 모란 동백은 쓸쓸한 남자의 뒷모습이다.

# 밤나무 꽃, 그 향기

아카시아 향기가 사라진 자리에 밤꽃 향기가 들어섰다.

내가 태어난 공주는 밤으로 유명한 곳이다. 그러나 나는 어린 시절 부모님을 따라 서울로 상경하여서 고향에 대한 기억이 별로 없다. 몇 번의 방학을 조부모님 댁에서 보내면서 쌓은 추억이 그나마 그곳이 내 고향이라는 생각을 들게 해줄 뿐이다.

조부모님 집 뒤란에는 장독대와 텃밭, 대나무 숲 그리고 굵은 밤나무가 한 그루 있었다. 돌담길을 따라 뒤편 작은 오솔길을 가로질러 가면 작은할아버지 댁에 이르고, 그 앞 저수지 물길이 지나가는 논둑길 가장자리에는 아름드리 밤나무가 줄지어 서 있었다. 밤이 많이 나는 고장이었음에도 나는 밤 따기를 해 본 기억이 없다. 꽃이 어떻게 생겼는지는 물론 어떤 향기를 뿜어내는지도 몰랐다. 겨울방학에 시골에 내려가면 할아버지께서 화롯불에 구워주시던 군밤이 유일한 기억이다.

신혼살림을 시작한 안양에서 첫애를 낳고 둘째를 가진 몸으로 과천으로 이사를 했다. 집 주변은 관악산을 비롯하여 도서관, 미술관, 놀이동산, 동물원 등 즐길 곳이 많았다. 하지만 나는 아이 셋을 키우며 시부모님 댁을 드나드느라 즐길 여유가 많지 않았다. 아이들이 조금 커서 숨 좀 돌릴 만하니까, 남편이 시댁 제사를 넙죽 받아와서 유일하게 도와준다는 것이 밤 치는 일이다. 단단한 겉껍질을 먼저 제거하고 물에 담갔다가 다시 속 껍질을 깎으며 모양을 다듬는다.

살고 있던 저층 아파트가 재개발되어 고층아파트 최상층에 살게 되었다. 옥상에 작은 텃밭을 만들어 놓으니 아침마다 옥상을 오르내리게 된다. 관악산에서 불어오는 바람은 시원하다. 그 바람에 송홧가루가 묻어오기도 하고, 아카시아 향기가 실려오기도 한다. 아카시아 향기 지나간 자리에 파고든 비릿한 냄새가 밤꽃 향기라는 것을 알았을 때 당혹스러웠다. 무슨 꽃 냄새가 이렇담.

어느 날 늦깎이 공부를 하는 동기들이 집들이를 왔다. 동기라고 하지만 나보다 나이가 많은 언니들이다. A도 나보다 열 살은 많다. A는 자기소개 시간에 이렇게 말했다. "어렸을 때 스승님께서 저에게 많고 많은 직업 중에 선생은 되지 말라고 하셨습니다. 그래서 저는 스승님의 말씀을 받들어 선생이 되지 않았습니다. 왜 그런고 하니, 제 성이 도 씨이기 때문입니다."

별 얘기도 아니지만 재미있었다. 모두가 A의 이름을 단번에 기억했다.

점심을 먹고 옥상으로 올라가 관악산을 바라보며 이런저런 이야기를 하다가 밤나무꽃 향기에 대해 이야기를 나누게 되었다. 나는 그것은 향기가 아니라 냄새라고 우겼다. 그녀가 내 손을 토닥이며 비식 웃었다. 그 웃음의 이유는 얼마 후에 알게 되었다.

동아리 수업을 마치고 돌아서는 내게 그녀가 다가와 혼자 보라며 자신의 반명함판 사진 한 장과 책 두 권을 주었다. 사진 속의 그녀는 살포시 포갠 두 손을 턱 아래에 괴고 우수에 젖은 얼굴로 먼 산을 바라보고 있었다. 감성이 풍부한 그녀의 모습을 잘 담은 사진이었다. 두 권의 책 중 한 권은 문집이고, 한 권은 그녀의 시집이었는데, 시집 첫 번째 작품은 〈밤나무 꽃 향기〉였다.

고개를 들어보니
온 산이 이부자리를 푸르게 폈다
아, 완전한 하나인 정사의 바람으로 분비되는

비릿한 精水 내음

뒤틀림의 몸짓으로

온 산이 잉태를 한다

내가 냄새라고 말한 것을 그녀는 정사 후에 남겨지는 비릿한 내음이라고 표현했다. 밤꽃 냄새를 그렇게 과감하게 표현하다니…. 황진이의 시조를 떠오르게 한다. '동짓달 기나긴 밤 한 허리를 베어내어, 춘풍 이불 아래 서리서리 넣었다가, 정든 님 오신 날 밤이면 굽이굽이 펴리라.'

우리가 처음 만났을 때 그녀의 나이는 오십 대 중반이었고, 나는 사십 대 중반이었다. 지금 나는 당시의 그녀 나이를 훌쩍 넘어섰다. 오래도록 그녀를 만나지 못하고 있지만, 나는 해마다 밤꽃이 피고 그 비릿한 냄새가 코끝을 어지럽히면 그녀 생각이 난다. 유흥 시간에 느린 가락에 맞춰 기체조를 하듯 허공을 휘젓던 그녀의 몸짓이 밤꽃 향기에 취해 몸을 뒤트는 모습으로 연상되는 것은, 그 냄새 탓일까. 아니면 내 생각 탓일까.

# 달라도 너무 달라

여고 동창인 친구는 외국은행에 근무하고 있었다. 그녀가 어느 날 전화를 해서는 말레이시아 여행을 같이 가자고 했다. 후배가 그곳에서 식당을 운영하고 있는데, 비행기 표만 끊어서 오라고 했다는 것이다. 당시 친구는 해외여행을 자주 다녔지만, 나는 그렇지 못했다. 며칠 동안 남편을 졸라 겨우 허락을 받아냈다.

공항에서 만난 친구의 옷차림은 평범한 내 모습과 너무 대조적이었다. 비행기 탑승은 어느 여행 팀과 함께 단체로 움직여야 했다. 우리는 그들과 무리 지어 앉게 되었다. 친구가 가방을 짐칸에 넣기 위해 팔을 번쩍 들어 올리자 배꼽과 함께 잘록한 허리가 적나라하게 드러났다. 보기에 약간 민망했지만, 모르는 척했다. 바지 옆선을 따라 길게 장식된 무늬는 그녀의 다리를 더욱더 길어 보이게 했다.

코타키나발루까지 5시간, 비행하는 동안 나는 책을 읽다 창밖을 내다보다 하면서 시간을 보냈다. 비행기에서 내려 공항 대합실로 걸어가는데 여행 팀의 한 사람이 내게 물었다. "친구분이 가이드세요?" 그 사람 눈에도 친구의 외모가 눈에 띄었던가 보다.

마중을 나온 후배는 우리를 호텔까지 데려다주고 저녁에 다시 오겠다는 말을 남기고 돌아갔다. 저녁을 먹고 호텔 로비에서 차를 마시는데, 비행기에서 내릴 때 내게 말을 붙였던 사람이 다가와 자신들은 내일 코타키나발루 정글 투어를 하는데 함께 가지 않겠냐고 물었다. 우린 아직 정해진 게 없다고 하니 연락처를 적어주었다.

늦은 저녁이 돼서야 후배라는 사람이 왔다. 그는 이곳에 태권도로 처음 발을 들여놓았지만, 지금은 식당을 운영하는데 상황에 따라 가이드 활동도 한다고 했다. 이런저런 이야기 중에 나는 그들에게 둘 사이가 어떤 선후배 사이냐고 물었다. 친구가 직원들을 데리고 이곳으로 휴가를 왔다가 알게 된 사이로, 상사였던 친구에게 특별히 잘해준 것이 인연이 되었다고 한다. 밤이 늦어서야 후배는 돌아갔다. 창밖은 어둠이 가득한데 한번 달아난 잠은 다시 돌아오지 않았다. 엎치락뒤치락하는데 친구도 잠이 안 오는지 부스스 일어나 앉았다.

우리는 동창이긴 해도 서로 속 깊은 이야기를 나누지 않아서 그동안 집안 속사정은 자세히 모르고 지냈다. 천주교 신자인 친구는 봉사활동을 나갔다가 지금의 남편을 만났다. 가톨릭 사제가 되기 위해 공부 중이던 그는 집안의 4대 독자로 특별한 재주도 기술도 없었다. 시어머니는 고추보다 매운 시집살이를 시키고, 암 투병을 하다 돌아가셨다. 겉보기와 다르게 친구도 고생을 많이 한 것 같았다. 집집마다 걱정 한두 가지씩은 끌어안고 산다는 말이 빈말은 아니라는 생각이 들었다.

다음 날, 비가 엄청 내렸다. 꼼짝없이 호텔에 갇혀 있게 됐다. 이곳으로 오기 전에 친구는 후배가 관광을 시켜줄 거라고 했는데, 하루종일 코빼기도 비치지 않았다. 어렵게 이곳까지 와서 하는 일 없이 호텔 방에서 뒹굴고 있자니 답답하고 아쉽기가 이루 말할 수가 없다. 내 속을 아는지 모르는지 친구는 유유자적 천하태평이다. 그야말로 직장생활에 지쳐 아무 생각 없이 쉬러 온 사람 같다. 우리는 여행 스타일이 너무 다르다는 생각이 들었다.

다음 날 아침, 밤새 퍼붓던 비바람이 멎고 날씨도 화창해졌다. 밖으로 나가보니 바다는 황톳빛을 드러내며 거친 숨을 몰아쉬고 있었다. 스노우 쿨링이나 스킨 다이빙을 하려던 계획이 무산되었다. 또다시 할 일이 없어졌다. 호텔 주변을 산책하던 친구가 수영이나 하자고 하는데, 썩 마음에 드는 제안은 아니었다. 수영복을 챙겨 오라고 해서 가져오긴 했지만 난 수영을 잘 못 한다. 그러나 할 일이 없으니 어쩌랴. 그러자고 했다. 방으로 올라가 원피스 수영복으로 갈아입고 그 위에 랩스커트까지 걸쳤다. 오 마이 갓. 친구는 형광색 비키니 수영복을 입고 거울 앞에서 이리저리 제 몸매를 살피고 있는 것이 아닌가. 나는 슬그머니 불쑥 튀어나온 아랫배 위에 깍지 낀 손을 올려놓았다. 세상은 참 고르지 않다. 나는 햇볕에 스치기만 해도 타는 피부인데, 친구는 피부가 잘 안 타서 샵에서 선탠을 했다고 한다.

호텔 건물과 바닷가 사이에 자리 잡은 수영장, 친구는 수영을 하며 망중한을 즐기고, 나는 수영장에 몸만 담그고 바다를 바라보며 속다짐했다. '집에 가면 당장 수영부터 배워야지.'

시장 구경을 하러 가기로 했다. 친구는 내가 입은 바지가 제 마음에 들지 않았는지 현란한 무늬의 바지 하나를 내게 내밀었다. 하와이 여행 중 구입한 바지라는데 흡사 보자기에 끈이 달려있는 것같이 생겼다. 사타구니 쪽 솔기는 붙어있는데 옆 솔기는 완전히 터져 있다. 친구에게 이런 걸 어떻게 입냐고 했더니, 보는 것하고 다르니 입어보란다. 그것을 입으려면 양 옆구리 쪽을 약간씩 겹쳐서 끈으로 허리를 한 바퀴 감아 배 위에서 매듭을 지어야 했다. 그걸 입고 걸어보니 종아리 옆부분이 슬쩍슬쩍 드러날 뿐 입을 만했다. 호텔 로비에서 택시를 불러 올라타는데 겹쳐진 옆 부분이 벌어지면서 허벅지가 훤히 드러나는 게 아닌가. 허옇게 드러난 허벅지를 가리기 위해 허겁지겁 수습을 하는데, 친구는 뭐가 그렇게 우스운지 파안대소하였다. 이런 걸 무슨 바지라고….

시간은 시위를 떠난 화살처럼 지나가고, 친구는 다니던 직장에서 퇴직을 했다. 그녀의 꿈은 통나무집을 아담하게 짓고 공방을 꾸미는 것이었으나 꿈을 접고 현실적인 것을 선택했다. 그녀는 지금 프랜차이즈 제과점을 차리고 빵을 굽고 있다.

여행 중에 옆구리 터진 바지를 입고 시장 구경을 하러 갔다가 친구가 사준 풍경이 바람 따라 뎅그렁뎅그렁 울린다. 친구가 나를 부르는 듯하다.

"친구야 빵 먹으러 놀러 와, 나 지금 빵집에 갇혀 있어."

# 베일 속 그녀

먼 나라로 생각하던 아프가니스탄에 관해 관심이 생긴 건 한 권의 책, 할레드 호세이니의 소설 〈연을 쫓는 아이〉 때문이다. 우정과 배신, 속죄와 구원에 관한 심금 울리는 이야기에 빠져들어, 그의 나머지 두 작품 〈천 개의 찬란한 태양〉 〈그리고 산이 울었다〉도 읽게 되었다.

호세이니는 이야기꾼답게 아프가니스탄의 전쟁과 절망, 그리고 고통스러운 삶들을 아름답게 써 내려갔다. 책을 읽는 내내 나는 아프가니스탄의 현실에 가슴이 아팠다. 그중 두 명의 여성이 주인공으로 나오는 〈천 개의 찬란한 태양〉을 읽을 때는 법보다 앞서는 아프가니스탄의 불합리한 관습에 답답함과 절망스러움이 느껴졌다. 그러나 희망이 보이지 않는 고통스러운 삶 속에서도 마리암과 라일라가 보여준 우정은 감동스러웠다. 그

을린 그 땅에 봄은 언제 오려는지….

이슬람은 일부다처제가 허용되는 사회다. 이것을 이해하려면 시대적 상황을 이해할 필요가 있다. 이슬람 국가가 건설될 당시만 해도 그들은 사막 오아시스에서 사냥, 약탈, 전쟁이 생존수단이었다. 여성이 혼자 살아가는 것은 거의 불가능한 환경이다. 전투에서 많은 남성들이 사망하자 과부와 고아가 늘어났다. 그들을 구제할 수 있는 효과적인 방법은 한 남자가 여러 아내를 맞아들이는 것이었다. 초기 이슬람 사회에서 여성들의 생존을 위해 일부다처제는 상당한 미덕으로 받아들여졌다. 그러나 지금은 생존수단도 일부다처제의 미덕도 변했다.

쿠란에 따르면 남자는 아내를 4명까지 두는 것을 허용한다. 이것은 무분별하게 여러 아내를 취하는 것을 막기 위한 것이다. 남자가 여러 명의 아내를 둘 경우, 남편은 모든 아내들을 평등하게 사랑하고 평등하게 대우할 '율법상의 의무'를 가지게 된다. 만약 아내들 중 누구 하나만을 편애하거나 반대로 누구 하나만을 홀대해서는 안 된다는 것이다. 사람의 감정이 계량할 수 있는 것이 아닐진대 그게 가능한지는 모르겠다.

우리나라도 과거에는 '처첩제'가 존재했다. 조선은 양반 중심 사회였다. 그들은 본처가 낳은 적자가 아니면 모두 서출이라 하여 극심하게 차별을 하였다. 그것은 기득권인 양반의 수를 억제하기 위한 수단이기도 했다. 서출은 인간 대접도 받지 못하는 사회였다. 아버지를 아버지라 부르지 못한 홍길동의 이야기가 이를 단적으로 보여준다. 왕실도 예외는 아니어서 적자와 서자가 존재했다.

베일과 여성. 이 두 낱말이 만나면 아름다움과 신비로운 느낌을 준다. 이슬람 나라의 여성을 생각하면 우선 이 베일이 떠오른다. 하지만 베일로 상징되는 이슬람 문화를 이해하는 일은 쉽지 않다.

이슬람 여성의 베일은 크게 다섯 종류인데, 그중 가장 보수적인 것이 머리끝에서 발끝까지 가리고 눈 부위는 망사로 처리한 부르카이다. 이슬람 여성의 베일은 처음에는 종교와 무관한, 중동 지역의 기후를 극복하는 '발명품'이었다. 그것은 덥고 건조한 기후에 적합한 의복이었다.

마호메트가 이슬람교를 창시한 초기에는 지배층 여성들이 착용했는데, 이때 베일은 특권을 의미했다. 신분이 높고 보호받을 위치에 있는 여성만 착용할 수 있었다. 이슬람교가 자리를 잡아가면서 부계 사회가 확립되고 베일 착용이 전 이슬람 여성의 의무로 확대되었다. 여성과 사회를 동시에 보호한다는 취지에서 비롯된 것이지만, 남성의 이익을 우선시하는 법과 제도는 여성의 행동과 목소리를 차단시킨 것도 사실이다.

2005년 5월 아프가니스탄에서 유명 TV 진행자 샤이마 레자위가 살해되었다. 이슬람법 체계에서 가장 강력한 샤리아를 따르는 아프가니스탄에서 남녀가 같이 앉아 진행하는 방식이 이슬람 율법에 반한다고 항의를 시작하자 그녀의 직장은 그녀를 해고했다. 이후 그녀는 누군가에 의해 '명예살인'을 당했다. 가족 구성원인 여성이 가족의 명예를 더럽혔다고 생각하고 가족 중 누군가 살인을 해도 국가권력은 가족 내부의 문제로 치부하고 심하게 통제하지 않는다.

이슬람 여성의 명예살인은 조선 시대 열녀문을 떠올리게 한다. 조선은 열녀 이데올로기를 통해 여성의 성을 종속하고 복종시켜 부계혈통을 유지하였다. 또한 가문과 남성의 명예를 위해 여성을 희생시켰으니 서로 닮은 부분이 있는 것 같다.

전통적으로 이슬람 여성은 몸을 베일로 가렸을 때 무슬림 남성의 존중을 받을 수 있었고, 진정한 사회구성원으로 받아들여졌다. 그러므로 이슬람 여성들이 베일 착용을 받아들이는 것은 공동체 안에서 자신의 위치를 확보하기 위한 선택일 수도 있다.

이즈음 베일 착용이 강제적으로 지켜지고 있는 나라나 자발적으로 선택할 수 있는 나라에서 이 베일은 이슬람 여성의 패션으로 개인적인 패션 감각을 발휘할 수 있는 훌륭한 소품이 되기도 한다. 세상은 변하기 마련이라지만, 희망마저 그을린 땅에서 베일 속 그녀들은 지금 어떻게 살아가고 있을까.

# 아침 8시면 카톡새가 운다

아침마다 카톡새가 울어댄다. 하루도 빠짐없이 '까똑까똑'. 오늘은 어떤 엽서를 물고 와서 울어대나. 어제는 노란 장미 한 다발, 오늘은 나뭇가지에 매달린 홍시. 다양한 그림엽서로 카톡방 문을 연다.

이곳은 〈허생전〉 뮤지컬 배우들의 카톡방이다. 배우가 아닌 작가 한 분도 있는데, 그는 나와 동기로 시인이다. 그가 작사한 여러 편의 곡 중 아직까지도 흥얼 흥얼거리는 곡이 있다. 작품의 주제가라고 할 수 있는 노래다.

부부는 전생에 원수지간이었다네. 아니지 아니지 그럴 리가 없지. 부부는 전생에 못다 한 사랑이었네. 그래 그래 사랑이지. 사랑도 좋고 금슬도 좋지만 배고픈 사랑은 어찌할꺼나. 사랑이 밥이 되면 얼마나 좋을까. 글공부가 떡이 되면 얼마나 좋을까. 우리 낭군 십 년 공부 나는 밥장사로 살고 지고. 우리 낭군 십년 공부 나는 떡 장사로 살고 지고.

방송대 졸업 후 동문의 총무를 맡게 되었다. 회장은 연극배우로 현역에서 활동하는 분이었다. 자신의 임기 중에 고전 작품을 뮤지컬로 만들어 무대에 올리고 싶다고 했다. 동아리 역사상 처음 시도하는 일이었다.

'왜 하필 지금….'

마땅찮았지만 총무가 무슨 힘이 있는가. 회장 뜻에 따를 수밖에.

배우를 뽑는 일은 시작부터 쉽지 않았다. 춤과 노래를 연습하려면 시간을 많이 할애해야 하는데, 그럴 수 있는 사람이 별로 없었다. 급기야 뮤지컬 배우들 뒷바라지를 해야 하는 나까지 배우로 나서라고 했다. 그 말을 듣는 순간 나는 어디론가 잠적하고 싶은 심한 충동을 느꼈다.

작품 하나를 무대에 올리는 데 많은 예산이 들기 때문에 비용 절감이 최우선이었다. 작사는 동문 중에 있는 시인에게 부탁했다. 그에게 받은 몇 편의 글은 바로 작곡가에게 넘겨졌다. 며칠에 걸쳐 노래가 만들어지자, 안무가가 그 노래에 맞춰 춤

동작을 만들었다. 배우들은 노래를 익히고 춤을 추며 대사를 외워야 했다. 안무가가 요구하는 동작은 만만찮았다. 우리들이 따라 하기 힘든 동작들은 단순하게 수정되어야 했다.

연출을 맡은 회장은 고전소설 '허생전'을 약간 코믹하게 구성했다. 개인의 특성에 맞추어 주인공 허생, 허생 처, 문중 어른, 변진사, 산적, 억쇠, 상인 등 역할이 주어졌다. 나에게는 상인과 산적의 졸개 역할이 맡겨졌다. 청담동에 있는 연습실을 출근하다시피 다녔다. 배우 겸 총무라서 연습을 하다가도 시간 맞추어 밥솥에 밥을 안쳐야 하고, 남의 연습실을 빌려 쓰는 것이니 청소도 말끔히 해야 했다. 연습하는 동안 격려하는 사람들의 발길이 잦아졌다. 간식을 사 오고, 식사비를 기부하는 등 많은 응원과 후원을 받았다. 쑥스러웠던 몸동작은 하루가 다르게 자연스럽게 변해 갔다. 얼굴에 분장하고 의상까지 갖춰 입으니 제법 그럴듯해 보였다.

뮤지컬은 일 년에 한 번씩 두 차례 무대에 올려졌다. 첫 번째는 장충동에 있는 경동교회에서, 두 번째는 창덕궁 앞에 있는 소극장에서였다. 우리는 화려한 조명이 비치는 무대 위에 오르는 배우가 되었다. 분장은 가면과 같은 효과가 있는 듯하다. 분장하고 무대에 오르니 부끄러움 없이 구성진 목소리로 장사를 하는 시장 상인이 되고, 봉두난발을 한 산적의 졸개가 되어 신명 나게 춤추고 노래했다. 힘든 시간도 있었지만, 그것은 다시 없는 추억이 되었다.

당시 문중 어른 역을 맡았던 분은, 나와 같은 동기로 아버지 같은 분인데 오라버니라고 부른다. 뮤지컬을 했던 사람들이 모임을 만들어 우애를 다지고 있다. 차기 회장 자리를 놓고 서로 미루는데 오라버니가 극구 마다하는 나를 회장 일을 맡게 했다. 당신이 뒤에서 서포트를 잘해주겠다는 다짐을 하면서….

시국이 좋지 않아 우리는 한 번씩 만나서 회포를 풀던 일을 중단했다. 모든 것을 카톡방에만 의지하고 있다. 하지만 마주 보고 대화하는 것만 못해 갈수록 데면데면해지는 것 같다.

오라버니는 한결같이 아침 여덟 시 무렵이면 카톡새를 울린다. '까똑까똑, 좋은 아침.' '까똑까똑, 우리의 인연은 보통의 인연이 아니야.' '까똑까똑…' 그 누구보다 이 모임에 애정을 갖고 있는 오라버니의 그 간절한 마음이 카톡새 울림 속에 가득하다.

Chapter 3

# 황량한 들판이 내게 말하더라

언제부턴가
내 몸과 마음이 고갈되는 것 같다는 생각이 들었다.
그래서 답사를 따라다녔고 여행 다니기를 즐겼다.
그것은 지식을 얻기 위함보다 재충전을 위한 수단이었다.
나 자신에 관한 보상이며 기분전환의 방법이기도 했다.
나에게 머리 흔드는 증상이 나타나기 전까지 그랬다.
그 증상이 심해져 병원을 찾았을 때서야
내 몸과 마음이 과부하에 걸렸다는 것을 알게 되었다.
나는 쉬어야 했다.
의사는 내게 몇 가지 처방과 함께 멍 때리기를 추천해 주었다.
숲멍, 불멍, 물멍, 들멍….
–본문 중에서

# 내 인생에 화이팅을 외친다

축하 퍼레이드가 펼쳐지고 있다. 나는 횡단보도 앞에서 경찰의 제지로 일행들과 헤어져 오도 가도 못 하는 처지가 되었다. 길 건너편에서 남편이 손을 흔들어대고 있다. 표정이 좋을 리 없다. 나도 당황스럽기는 마찬가지다.

아침에 가이드가 한 말이 떠오른다. "미국 독립기념행사와 마주치면 몇 시간 동안 빠져나가지 못하니 퍼레이드가 펼쳐지기 전에 시내를 빠져나가야 합니다." 그러나 어쩌랴. 우리는 지금 몸통만 빠져나가고 꼬리가 잡혀있는 형국이 되었다.

우리 부부는 아는 형님 내외분과 미국 동부와 캐나다를 여행 중이다. 뉴욕 맨해튼을 시작으로 보스턴, 필라델피아, 퀘벡, 몬트리올, 나이아가라를 거쳐 다시 워싱턴으로 들어왔다. 오늘은 여행의 마지막 날로 백악관 주변과 자연사박물관을 들렀다가 맨해튼으로 가기로 되어있다. 박물관에서 시간을 지체하여 7월 4일 미국 독립기념일 축하 퍼레이드와 마주치고 말았다. 우려했던 일이 벌어지고 만 것이다. 7월 1일 토론토에서는 축제 분위기를 즐기려고, 캐나다 독립기념일 축하 행사장을 찾아가서, 시민들과 어울려 축제 분위기를 즐겼다. 하지만 오늘은 상황이 다르다. 맨해튼 일정이 아직 남아있는 것이다. 의도한 것은 아니지만, 이제 두 나라의 독립기념일은 잊을 수 없는 날이 될 것이다.

퍼레이드를 이렇게 눈앞에서 바라본 것이 언제였는지 잘 모르겠다. 어린 아들과 함께 시청 앞 지하철 입구 쪽에 앉아 광화문 쪽에서부터 내려오는 무슨 축제 퍼레이드를 본 것과 종로에서 동대문 방향에서 광화문 쪽으로 이어지는 석가탄신일 연등 축제를 본 것이 전부인 것 같다.

축하 퍼레이드는 끝없이 이어지고 있다. 이 불안한 상황에 놓인 것이 나만이 아니라는 것이 다행이라면 다행이다. 이곳엔 나 말고도 낙오자가 다섯 명이나 더 있다. 여행 내내 우리들 뒤에서 관리하던 인솔자도 있다. 그는 버스에서 일행들과 함께 우리를 기다리고 있을 가이드와 전화로 상황을 주고받고 있다. 모두들 퍼레이드 행렬을 가로질러 건너가고 싶어 하지만 방법이 없다. 넘어진 김에 쉬어 간다고 나는 사진이나 찍기로 한다.

군악대가 지나가고, 다양한 군복의 군인들이 소총을 어깨 메고 행군하고, 성조기 무늬의 신사복 차림의 대형 풍선, 성조기 조끼를 입은 독수리 모형 풍선 등 각양각색의 대형 풍선을 띄운 행렬들이 끝없이 지나간다.

기다림이 길어질수록 지쳐간다. 마땅찮은 표정을 하고 있을 남편을 생각하니 마음이 무겁다. 잘 따라오지 않고 해찰하다 이리 되었다고 잔소리를 할 것 같다. 인솔자에게 한 가지 제안을 해 본다. 행렬을 시작하는 쪽은 아무래도 분위기가 어수선할 테니 그곳에서 도로 횡단을 시도해 보자고 말이다. 그곳이 어디인지 얼마나 걸어가야 하는지 알 수 없지만 달리 방법이 없다. 우리는 행렬이 시작하는 방향으로 걷기 시작한다. 얼마나 갔을까. 행렬의 무리와 무리 사이 헐거운 틈이 보인다. 경찰도 보이지 않는다. "지금이에요, 빨리 건너세요."

일행들이 기다리는 버스에 올라타며 분위기를 살펴보니 생각 외로 사람들의 표정들이 밝다. 이들도 우리를 기다리며 축하 퍼레이드를 보았던 모양이다. 여행 날짜를 기가 막히게 잡았다는 둥 많은 말들이 오간다. 지친 몸을 등받이에 기대고 창밖을 바라본다. 이제 마음이 편안하다. 시내를 벗어난 버스는 맨해튼을 향해 속도를 높인다.

이층 버스에 올라 맨해튼의 빌딩 숲으로 펼쳐지는 야경을 바라본다. 하늘 높은 줄 모르고 치솟은 빌딩 사이로 저녁 노을이 붉게 타고 있다. 여행을 마무리 하기에 이처럼 아름다운 시간이 있을까 싶다. 타임스퀘어 광장을 걸으며 주변을 둘러본다. 높은 빌딩과 화려한 네온사인, 고해상도의 광고들, 특히 우리나라 대기업 광고는 더더욱 시선을 사로잡는다. 이곳이 한때 범죄와 마약 그리고 부도덕함의 중심이었다니 상상이 안 된다. 뉴요커들은 예전이나 지금이나 이곳을 피해 다닌다고 한다. 과거에는 범죄를 피하기 위해서였다면 지금은 수많은 관광객들과 혼잡한 교통 상황 때문이라고 한다. 그래서 그런가? 주변의 많은 사람이 모두 관광객으로 보인다.

갓난아기를 안고 앉아있는 인도 부부와 몇 마디 말을 나누고 함께 사진을 찍는다. 나는 그에게 사진을 전해줄 생각이 없다. 그들도 받을 생각이 없을 것이다. 우리는 지금 여행자로 분위기를 즐기고 있다. 나는 술맛도 제대로 모르면서 맥주 한 잔을 높이 치켜들고 내 인생에 파이팅을 외친다.

# 지상의 방랑자

그 어떤 화려한 색보다 더 강하게 마음을 사로잡는 백색 고원. 눈 앞에 펼쳐진 거대한 만년설의 위용에 압도되어 할 말을 잃는다. 장엄한 풍광을 사진 속에 담아보려고 나는 흔들리는 버스 안에서 좌우측을 분주히 오가며 사진을 찍는다. 이런 내 모습이 우습기도 할 터이지만 나는 아랑곳 하지 않고 셔터를 눌러댄다.

고산 지대의 험한 고갯길을 넘어 내리막길로 접어들자 폭이 넓은 계곡이 시야에 들어온다. 그 속에 물길을 따라 유연하게 휘어지며 한없이 뻗어있는 길이 보인다. 그림처럼 아름답고 한적한 길이다. 저 길은 어떤 사람들이 걸었을까. 짜라투스트라도 저런 산길을 걸어 마을로 내려가지 않았을까 하는 생각이 든다.

만년설이 제 몸을 풀어 흘려 보내는 경쾌한 물소리는 가뭄

든 마음에 물기가 스며들게 한다. 목적지가 멀지 않았음을 알려주는 듯 버스는 잔잔한 호숫가를 달리기 시작한다.

아담한 마을로 들어서니 책에서 보던 이층 건물이 눈앞에 나타난다. 니체하우스의 기념판에 걸린 글귀가 눈에 들어온다. '이 집에서 프리드리히 니체가 창작 활동이 왕성했던 1881~1888년 여름날에 살았다.' 건물 안으로 들어서니 철학자의 발걸음 소리, 헛기침 소리가 들릴 듯하다. 집안 실내에는 많은 기록물들과 사진, 그가 사용한 책상과 의자, 침대 등이 전시되어 있다. 방에서 창밖을 내다본다. 특별한 것이 없는 밋밋한 풍경이다. 니체가 창밖을 내다보며 생각에 잠기는 일은 없었을 것 같다. 그의 철학은 모두 산책에서 발현되었다는 말이 맞는 듯하다.

니체는 수없이 많은 도시를 여행하면서 자신의 사상을 발전시켰다. 겨울철에는 남쪽에서, 여름이면 스위스 질스마리아에서 머물곤 했다. 그는 차라투스트라의 영감을 얻은 후 토리노에서 정신을 놓을 때까지 일곱 번이나 질스마리아를 찾았다. 아는 사람이 없는 이곳에서 니체는 아침마다 산책을 하기 위해 집을 나섰다. 산보를 하며 자신의 생각에 집중했던 것이다. 철학자의 발자취를 따라 나도 마을을 둘러보기로 한다. 마을을 가로지르는 빙하의 물길은 투명한 빛으로 힘차게 흐른다. 니체가 산보를 나와서 점심을 먹었다는 알펜로제 호텔 주변도 둘러본다. 니체는 오후 5시까지 산책을 마치고 밤 11시까지 글을 썼다. 밤이면 찾아오는 두통과 위통에 시달리면서 말이다. 통증 속에서 그는 메멘토 모리를 외쳤을까. 언제 죽을지 모르니, 이 순간을 즐기며 살기 위해 그 통증마저도 사랑했을까. 통증 속에서도 글을 쓰는 철학자의 모습, 나로서는 상상할 수 없는 일이다.

니체는 질스마리아 오버엥가딘에서 펙스탈을 걸으면서 여행과 방랑을 구별하여, 여행은 특정한 목적을 가지고 떠나지만 방랑에는 목적이 없다고 주장했다.

> "어느 정도 이성의 자유에 이른 사람은 지상에서 스스로를 방랑자로 느낄 수밖에 없다. 비록 하나의 궁극적인 목표를 향한 여행을 하는 사람이 아니라고 할지라도. 왜냐하면 이와 같은 목표는 존재하지 않기 때문이다."
>
> ―〈인간적인, 너무나 인간적인〉

방랑은, 일정한 목적도 정한 곳도 없이, 마음이 가는 대로 떠돌아다니는 것이다. 니체가 수없이 많은 도시를 여행한 것은 방랑이었다.

여행 가이드는 우리들에게 여기는 어떻게 알고, 볼 것도 없는 이곳을 비싼 비용을 들여 왔느냐고 물었다. 고적지 답사를 다닐 때마다 자주 듣던 말과 비슷하다. 아무것도 볼 것 없는 빈 터에 뭘 보러 다니느냐고 했다. 답사지에는 지나간 시대의 흔적들이 남아있다. 나는 그곳에서 새롭게 깨닫는 것들이 많다. 이곳에서도 니체에 대해 좀 더 알게 되기를….

질스마리아를 가봐야 니체를 제대로 알 수 있다고 했다. 니체는, 이곳에서 얼마나 행복했으면 '지구에서 가장 사랑스러운 구석'이라고 불렀을까. 지구의 구석은 이제 니체의 사상을 숭배하는 사람들의 순례지가 되었다.

질스마리아를 등지고 다시 백색 고원 지대를 넘어간다. 나는 창밖으로 보이는 넓은 계곡에 놓인 그 길을 오래도록 바라본다. 그 길을 니체가 걷고 있는 듯하다. 그 길 끝 어딘가에 차라투스트라의 영감을 준 주를레이 바위가 있을 것만 같다. 차라투스트라의 핵심 사상은 영원회귀이다. 영원히 반복된다는 영원회귀 사상은 존재하는 모든 것들에 무한한 가치를 부여한다. 삶은 그 어떤 목표 때문에 사는 것이 아니라 삶 그 자체를 위해 사는 것이다. 그러므로 과거와 미래가 만나는 곳, 즉 지금 이 순간, 여기에 영원의 가치를 부여한다. 그렇다면 지금 나는 어떠한가. 건강한 몸과 마음으로 여행을 하고 있는 지금, 나는 행복하다.

# 쓸쓸하지만 따뜻한 시선

국립 현대미술관 덕수궁관, 개장 시간 전부터 다양한 계층의 사람들이 모여들었다. 〈박수근 전: 봄을 기다리는 나목〉에 개인 소장품은 물론 이건희 컬렉션 소장품들이 많이 전시된다고 한다. 그동안 보기 힘들었던 작품들이 많다니 사람들의 관심이 높다. 나도 호기심이 발동한다.

전시관에는 박수근이 19세부터 51세로 타계하기 직전까지 그린 작품들을 전시하고 있다. 전시 제목은 박완서 소설의 '나목'으로 일제강점기에서 한국전쟁으로 이어지는 참혹 시기에, 곤궁한 생활을 이어나간 사람들, 그리고 어려운 시간을 이겨내고 찬란한 예술을 꽃 피운 박수근을 상징한다.

박수근 화가의 대표작품 〈나무와 두 여인〉 앞에 서서 작품을 바라본다. 고향 마을의 나무는 박수근의 그림이 되었고, 그 그림은 다시 박완서의 소설이 되었다. 수령 300년 된 느릅나무는 아직도 박수근의 고향인 양구를 지키고 있다. 나목을 사이에 두고 한 여인은 아기를 업고 있고, 또 한 여인은 광주리를 머리에 이고 어딘가를 향해 걸어가고 있다. 두 여인의 시선은 한 방향을 향하고 있다. 어디를 보고 있는 것일까. 여인이 머리에 이고 있는 광주리에는 무엇이 담겨있을까. 나무가 잎을 다 떨구고 겨울을 준비하고 서 있듯, 여인도 다가올 겨울을 준비하기 위해 어딘가로 향하고 있는 게 아닐까 싶다.

박수근은 12살 무렵 프랑소아 밀레의 〈만종〉을 보고 밀레와 같은 훌륭한 화가를 꿈꾸었다. 평범한 사람들의 평범한 일상들을 화폭에 담은 것이 밀레의 작품과 닮았다. 프랑스 여행 중 밀레의 화실이 있는 바르비종에 들렀었다. 작은 마을 곳곳에 유명 작가의 그림을 재현해 놓은 작품이 많이 걸려있었다. 밀레 작품의 배경이 된 넓은 들을 걸었던 기억이 난다. 박수근 작품의 배경이 된 창신동 골목같이 특별할 것 없는 평범한 들판이었다. 그런 일상적인 곳에서 일하는 사람들이 박수근과 밀레의 그림 재료가 된 것이다. 세월에 의해 그림의 배경지가 변형되기는 했겠지만, 현장에서 느끼는 감정은 남다르다.

박완서의 소설 〈나목〉을 통해 박수근의 삶을 조금 들여다보았다. 이곳에서 다시 그 글의 일부를 읽으며 화가 박수근의 모습을 떠올려 본다.

…암담한 불안의 시기를 텅 빈 최전방 도시인 서울에서 미치지도, 환장하지도, 술에 취하지도 않고, 화필도 놓지 않고, 가족의 부양도 포기하지 않고 어떻게 살았나, 생각하기 따라서는 지극히 예술가답지 않은 한 예술가의 삶의 모습을 증언하고 싶은 생각을 단념할 수는 없었다.

– 박완서, 후기, 나목, 1976

소박한 정취가 느껴지는 평범한 사람들의 그림 중에 아기를 업은 모습이 자꾸 눈에 띈다. 동생을 업은 소녀나 아기를 업은 여인의 모습은 잠시 나를 과거 속으로 돌아가게 한다.

나는 세 아이를 포대기로 업어 키웠다. 그 포대기는 친정엄마가 첫애 때 사다 준 것으로 분홍색이었다. 아기를 포대기로 업으면 아기를 보면서 일을 할 수 있어서 좋았다. 아기를 재울 때도 편했다. 밤에 잠을 안 자고 보채는 아기를 업고 집 앞을 서성이거나 작은 거실에서 맴돌이 했던 기억이 난다. 쏟아지는 잠을 주체하지 못해 벽에 두 손을 포개어 짚고 눈썹 잠을 자곤 했다. 출근해야 하는 남편의 잠을 설치게 할세라 조바심을 치며 지새운 밤들이 까마득하게 느껴진다.

나도 딸아이가 아기를 낳았을 때 포대기를 사주고 그걸로 손주를 업어주었다. 그러나 딸은 포대기로 아기를 업는 요령을 터득하지 못했다. 앞으로 메는 멜빵이나 유모차에 의존하였다. 그러나 그것들은 아기를 보는 것과 일을 함께 할 수 있는 것들이 아니었다.

작품 중에 아낙네들이 머리에 광주리를 이고 있는 모습도 자주 보인다. 요즘은 흔히 볼 수 없는 풍경이다.

결혼 후 첫해 늦가을이었다. 시어머니와 함께 아는 분의 밭에서 무를 수확해 머리에 이고 오게 되었다. 체구가 작은 시어머니보다 적은 양의 무를 머리에 이었는데 걸음을 떼기도 전에 목이 흔들흔들 흔들리고 몸도 같이 휘청거렸다. 내 모습을 보는 사람들은 웃어 죽겠다고 하는데, 나는 죽을 맛이었다. 무를 조금 덜어냈는데도 여전히 목이 흔들렸다. 더 덜어내고 싶었지만 눈치가 보여 그러지 못했다. 하나라도 더 챙겨가고 싶어 하는 마음을 헤아려야 했다. 나는 시어머니보다 몇 걸음 앞에서 흔들거리는 목을 가누며 큰 도로까지 이고 나왔다. 머리에 똬리를 얹고 그것을 이고 나왔음에도 불구하고 정수리 부근이 무척 아팠다.

화강암처럼 거칠고 단단한 느낌의 작품 속에 작가의 따뜻한 시선이 녹아있다. 그의 손에서 평범한 사람들의 삶이 빛으로 발현되고 있다. 나의 지나온 삶도 그림 속에 오도카니 서 있다. 힘들었던 삶이 정겹고 따뜻하게 느껴진다. 전시장을 나서는 발걸음이 가벼웠다.

# 사막의 열기 속에서

인터넷 뉴스를 보다가 이집트 아스완 소식을 접했다.

아스완에 천둥, 번개, 우박을 동반한 폭풍우가 쏟아져 홍수가 났다. 해일을 동반한 폭풍에 전갈과 뱀이 휩쓸려오면서 민가를 습격했다. 특히 독성이 강한 전갈에 물려 사망하거나 부상당한 사람이 많다. 아스완은 연간 강수량이 1밀리에 그치는 건조 지대다. 참으로 변괴스러운 소식이다.

아스완은 몇 해 전 이집트 여행을 할 때 하루를 묵었던 곳이다. 아부심벨을 가기 위해서였다. 잠이 덜 깬 몸을 이끌고 숙소에서 그리 멀지 않은 어느 장소에 도착해 보니 벌써 많은 버스들이 대기하고 있었다. 모두가 새벽 4시에 아부심벨로 출발하는 버스들이었다. 새벽에 여러 대가 함께 출발하는 이유 중 하나는 날씨가 너무 덥기 때문이고, 또 다른 하나는 사막에서 혹시 발생할 수 있는 강도 사건이나 테러 같은 사고를 막기 위해서라고 했다. 경찰차의 인도를 받으며 투어버스들이 꼬리를 물고 달렸다. 아부심벨로 가는 길에는 끝없이 펼쳐진 거친 사막과 우뚝 솟은 송전탑들 뿐이었다. 내가 상상한 사막은 고운 모래 언덕을 낙타 상인들이 긴 행렬을 이루며 걸어가는 모습이었다. 풀 한 포기 자라지 않는 것이야 똑같지만 이렇게 거친 들판 같은 곳을 사막이라고 하니 약간 실망스러웠다. 어둠을 가르며 아침 해가 서서히 모습을 드러내자 황량한 사막이 붉은빛으로 물들며 환상적인 모습을 연출했다. 나의 실망감은 순식간에 사라져 버렸다.

아부심벨은 아스완 댐으로 폭이 넓어진 물줄기를 바라보고 있다. 아스완 댐 건설로 수몰될 위기에 처했던 신전을 유네스코가 여러 나라의 도움을 받아 원래의 위치보다 높은 이곳으로 옮겨 놓았다. 옮겨진 신전은 빛이 들어오는 각도와 온도 및 습도까지 예전과 같은 환경으로 복원하였다니, 고대 건축 기술과 현대 건축 기술의 만남이 그저 놀라울 따름이다. 대신전 정면에 4개의 거대한 람세스 2세 좌상이 절벽을 등지고 있다. 발 둘레에는 왕비 네페르타리와 자식들을 상징하는 작은 조각상들이 있다. 신전 내부에는 왕의 조상, 생애와 업적들을 생동감 있게 표현한 부조가 벽면을 장식하고 있다. 람세스 2세는 많은 전투를 통해 대외적으로 이집트의 영향력을 확대하고, 국내에는 수많은 기념물과 신전을 건설한 파라오로 전해지고 있다.

기자 지구 피라미드로 갈 때다. 달리는 버스에서 무심히 창밖을 보고 있었다. 붉은 벽돌의 건물들이 빠른 속도로 스쳐 지나갔다. 그러다 갑자기 고층건물 사이로 희끄무레한 피라미드가 스치듯 나타났다 사라졌다. 잘못 봤나 싶어 창밖에 시선을 집중하고 보니 이번엔 낮은 건물 위로 피라미드가 두둥실 드러났다. 현대 건물과 고대 피라미드가 함께 있는 모습은 비현실적이면서 동시에 무척 신기하게 느껴졌다.

버스에서 내려 피라미드를 향해 걸어갔다. 경찰이 말을 타고 서 있는데 더위에 지친 탓인지 경계근무를 서고 있는 것인지 아닌지 구분이 애매모호한 자세를 하고 있었다. 피라미드로 가까이 다가갈수록 거대한 위용에 압도 당하는 느낌이 들었다. 기자의 피라미드를 보지 않고는 이집트를 말하지 말라고 한 말의 의미를 알 것 같다. 왕묘의 벽돌 하나가 사람 키만 했다. 당시에는 제대로 된 기구도 없었을 텐데 어떻게 이렇게 거대한 돌을 균일하게 깨고 운반하고 쌓았을까. 이 거대한 건축물을 쌓으면서 인부들이 흘렸을 피와 땀이 벽돌의 크기만큼 무겁게 다가왔다. 피라미드 내부로 들어가니 계단이 길게 놓여있었다. 그 끝에 도달하니 왕의 시신을 안치했던 곳으로 보이는 제단 같은 것이 보였다. 왕이 다시 태어나면 쓰려고 금은보화를 이 거대한 피라미드 깊은 곳에 꼭꼭 감춰두었건만 도굴꾼들 손에 속 빈 강정이 되었다. 왕은 여비조차 없어 영원히 환생하지 못할 것 같다.

사막 체험을 위해 피라미드 뒤 낙타 광장으로 갔다. 광장 한 편에 앉아있는 한 마리의 낙타 등에 올라탔다. 일어서는 낙타의 움직임에 따라 내 몸도 앞, 뒤로 심하게 흔들리다 이내 안정적인 자세를 잡았다. 머리 위로 한여름의 뜨거운 햇볕이 쏟아져 내렸다. 이미 검은 선글라스와 챙모자를 쓰고 있었건만, 다시 아스완 시장에서 산 커다란 스카프로 온몸을 휘감고 만반의 준비를 했다.

건조하고 더운 이 나라에 와 보니 이곳에 사는 사람들이 왜 더운데 긴 옷으로 온몸을 감싸고 다니는지 알 것 같다. 뜨거운 태양과 모래바람엔 긴 옷이 안성맞춤이었다. 내가 탄 낙타 몰이꾼으로 열 살 안팎의 사내아이가 다가왔다. 나를 태운 낙타는 선두 일행 뒤를 따라 사막을 걷기 시작했다. 얼마쯤 가자 소년이 갑자기 리듬에 맞추어 소리를 외쳤다. "대~한 민국! 짜자자작작, 대~한 민국! 짜자자작작." 2002년 월드컵 경기를 응원하던 때로부터 벌써 5년이 흘렀다. 낯선 이방인 소년에게서 온 나라를 붉게 물들이며 외쳐대던 응원가를 듣게 될 줄이야

어찌 상상이나 했겠는가. 나는 신기하기도 하고 재미도 있어서 소년을 따라 외쳤다. "대~한 민국! 짜자자작작, 대~한 민국! 짜자자작작." 소년과 나는 사막 한복판을 건너며 한동안 대한 민국을 외쳐댔다.

메둠의 피라미드를 향해 사막을 걸어갈 때, 기자의 피라미드에서와 다른 느낌이 느껴졌다. 뜨거운 열기로 가득하지만, 인적이 없어서 그런지 더욱 쓸쓸하고 황량하게 느껴졌다. 드넓은 사막에는 우리 일행들 뿐으로 기자 지구보다 오래된 곳으로 보였다. 멀리 석관으로 보이는 긴 돌들이 일렬로 누워 모래바람을 맞고 있었다.

오래전 친정아버지는 열사의 나라 사우디아라비아로 돈벌이를 떠났었다. 그때 나는 아버지가 낯설고 힘든 환경 속에서 일하는 것에 대해 깊이 생각한 적이 없다. 아버지가 사우디로 떠나므로 가정에 경제적인 도움이 될 것이라는 것과 하루가 멀다하고 쏟아내던 엄마의 짜증 섞인 소리를 듣기 않게 된 것을 좋아라 했다. 사우디에서 보내오는 편지와 함께 동봉된 사진에는 아버지가 검은 선글라스를 쓰고 멋지게 폼을 잡고 있는 모습이나 동료들과 어울려 쉬고 있는 모습들이었다. 열사의 나라에서 겪는 아버지의 고단함은 내게 막연한 것이었다.

한 줌의 그늘조차 허락되지 않은 사막의 뜨거운 열기 속에서 나는 고단한 아버지의 모습을 떠올렸다. 그동안 가난에서 벗어나지 못하는 것이 아버지의 노력 부족이라고, 엄마를 힘들게 하기 때문에 집안이 시끄럽다고 아버지를 탓했었다. 가난을 벗어나는 것이 한 개인의 능력과 노력만으로 되는 것이 아니라는 것을 알지 못했다.

사막의 열기 속에서 비로소 아버지의 고단함을 깨달았다. 가장으로 짊어져야 했던 삶의 무게, 열사의 나라에서 겪었을 고단함과 외로움이 온몸으로 느껴졌다. 사람은 자신이 겪은 만큼 이해한다고 했던가. 나는 참 많이 부족한 자식이었다.

# 꺼지지 않는 불꽃

혼돈의 역사가 깃들어 있는 덕수궁 돌담길을 걷는다. 오랜 시간이 차곡히 쌓여 있을 돌담길은 말이 없다. 그 상흔들을 묵묵히 안으로 삭이고 있는 게다.

덕수궁은 고종이 기거한 곳으로 고종과 관련된 많은 것들을 떠올리게 한다. 그중에 하나가 헤이그 밀사이다. 이준 열사의 순국 104년을 기해 출간된 〈황제의 특사 이준〉을 읽고 이준 열사를 다시 생각하게 되었다.

이준 열사는 대한민국 최초의 검사로 구한말 나라의 운명이 풍전등화였을 때 자신의 안위를 돌보지 않고, 힘없는 나라의 특사로 만국평화회의가 열리는 헤이그로 향했다. 을사늑약의 부당함을 세계만방에 알리고자 이상설, 이위종과 함께 고종의 특사로 파견된 것이다. 그러나 일본의 압력과 교활한 방해 공작으로 발언이 거절 당했다. 협회 회합에 귀빈으로 초대받아서 을사늑약의 부당함을 연설하였으나, 각국의 대표들은 힘없는 나라의 밀사가 하는 연설에 냉담한 반응을 보였다. 망국의 특사가 헤이그에서 직면한 벽은 너무 높았다. 그때나 지금이나 힘 있는 나라들은 이해타산을 따져 자국에 보탬이 되지 않으면 힘없는 나라의 호소를 귓전으로 듣는다.

2018년 9월 남편과 나는 딸을 앞세우고 독일과 베네룩스 3국을 여행하고 있었다. 네덜란드 여행 일정 중에 노선이 맞지 않아 배제시켰던 헤이그가 자꾸 맘에 걸렸다. 고심 끝에 일정을 바꿔 헤이그를 방문하기로 했다.

여행 내내 운전은 남편이 맡았고, 목적지로 향하는 길 안내는 딸이 맡고 있었다. 핸드폰에 의지해 시내 주차장에 겨우 차를 세우고 이준 열사 기념관을 찾아 나섰다. 한참을 걸어 번화한 시내를 벗어나자 한적한 마을이 나왔다. 그곳에서 태극기를 내건 건물과 마주했다. 바람에 나부끼는 태극기를 보자 가슴이 벅차올랐다. 타국에서 그곳도 이준 열사 기념관 앞에서 마주한 태극기는 감개무량하였다.

이준 열사 기념관에는 당시 국내외에서 일어난 독립운동의 전개 내용과 다양한 정보, 열사들의 활약상과 자료들이 알차게 전시되어 있었다. 이준 열사는 자신의 안위보다 나라를 위해 끊임없이 노력한 분이었다. 기념관을 지키고 있는 관장의 구구절절한 설명이 가슴을 뭉클하게 하였다. 그 집의 가파른 계단, 마룻바닥과 창문 등 모든 것이 역사였다. 내가 그 역사의 현장에 서 있는 것만으로도 큰 의미가 있는 것이었다.

1907년 7월 14일 숙소에서 갑작스럽게 죽음을 맞은 이준 열사의 사인은 정확히 밝혀지지 않았다. 그가 동지에게 남긴 한 마디는 지금 우리들에게도 전하고 싶은 말일 것 같다. '나라를 구하시오. 일본이 끊임없이 유린하고 있소.' 이준 열사는 헤이그 외곽 시립 공동묘역에 묻혔다가 1963년 고국으로 돌아와 수유동 애국지사 묘역에 안장되었다. 북한산 둘레길, 순례길 구간에 위치하고 있다. 묘역으로 가는 길엔 영원히 피고 또 피어서 지지 않는 꽃인 무궁화가 피어 있다.

사람이 죽는다는 것은 무엇을 죽는다 하며
사람이 산다는 것은 무엇을 산다 하는가
죽어도 죽지 아니함이 있고
살아도 살지 아니함이 있다
그릇 살면 죽음만 같지 못하고
잘 죽으면 도리어 영생한다
살고 죽는 것이 다 나에게 있나니

모름지기 죽고 삶을 힘써 알지어다

— 이준 열사의 말씀

덕수궁 안으로 이어진 길에서 속이 텅 빈 고목 몇 그루를 만났다. 한 자리에 붙박혀 지난한 역사를 고스란히 지켜보았을 나무의 속이 썩어있다. 그 속을 들여다보며 생각했다. 속이 썩은 것이 어디 나무뿐일까. 썩은 속으로 살아남은 것들이 용하다. 역사의 온기가 가장 잘 느껴지는 이곳은 또한 끝나지 않은 역사의 연장선이기도 하다.

## 회암사지를 걸으면서

회암사와 인연이 깊은 3대 선사(지공, 나옹, 무학)의 부도탑을 둘러보고 회암사지를 걷는다. 드넓은 사지 위로 따사로운 가을 햇살이 가득하다. 봉긋봉긋 얼굴을 내밀고 있는 주춧돌을 바라보며 이곳을 스쳐 간 역사의 몇 페이지를 들춰본다.

역성혁명으로 건국된 조선은 억불정책을 추진하였다. 그러나 삼국시대부터 고려 시대까지 천년을 넘게 지배 이데올로기로 군림했던 뿌리 깊은 불교문화가 쉽게 사라질 수는 없었다. 이성계는 불교문화 속에서 성장한 고려 시대 사람으로 불교 신자였다. 그러므로 그가 세운 조선 왕실엔 숭유억불 정책에도 불구하고 불심이 살아있었다.

고려 시대에 창건된 회암사는 고려말부터 조선 중기까지 왕실과 밀접한 관계를 유지한 당대 최고 규모의 사찰이었다. 이성계는 나옹화상의 제자인 무학대사와 밀접한 관계를 맺고 있었다. 그는 무학대사를 회암사에 머무르게 하고, 자신도 정종에게 왕위를 물려주고 이곳에서 수도 생활을 하였다. 수도 생활에 들어간 태상왕 이성계의 마음을 헤아려본다.

그는 사랑하는 신덕왕후가 죽어 슬픔에 빠져있었다. 그 와중에 어린 아들 방번, 방석이 또 다른 자식 방원에게 죽임을 당하였으니 그 속이 어떠하겠는가. 마음속에 지옥이 들어앉아 있었을 것 같다. 그의 수도 생활은 아마도 마음속 지옥을 지우기 위함이 아니었을까 싶다.

절터 중앙에는 일반 사찰에서 흔히 볼 수 없는 박석이 깔린 넓은 길이 있다. 임금의 길이다. 나라의 개국 시조가 머물렀던 절은 그 자체로 궁궐이었던 것이다. 회암사지는 궁궐 건축과 사찰 건축이 혼합된 특이한 가람배치 형식을 띠고 있다. 넓은 터 한편으로 당간지주와 괘불대가 자리하고 있다. 큰 우물터와 두 개의 대형 맷돌은 당시 이곳에 거주했던 인원이 상당했었음을 짐작하게 한다.

회암사는 문정왕후와도 인연이 깊은 곳이다. 문정왕후는 윤임의 천거로 중종의 계비가 된 사람이다. 윤임은 동생(장경왕후)이 세자(인종)를 낳고 산후병으로 엿새 만에 숨을 거두자, 세자를 양육해 줄 사람으로 윤 씨 문중의 처녀(문정왕후)를 천거하였다. 당시 그들은 알지 못했으리라. 어제의 동지가 오늘의 적이 될 수 있다는 것을 말이다.

그녀가 국모의 자리에 올랐을 때 왕은 신하들의 입김에 좌지우지되는 힘없는 왕이었다. 그녀 또한 허울만 좋은 왕비로, 자신보다 나이가 많은 후궁들의 등쌀을 견뎌내야 했다. 왕의 총애를 받던 후궁과 그의 아들이 정쟁에 휘말려 죽어가는 모습도 지켜보았다. 말이 국모였지 힘없는 왕비로 정치의 쓴맛을 보며 숨죽이고 살아야 했다. 줄줄이 딸 넷을 낳고 늦은 나이에 아들(명종)을 낳자 그녀 또한 정쟁에 휘말리게 되었다.

권력이 없는 허울 좋은 자리가 얼마나 비참한 것이며, 목숨조차 위태로울 수 있다는 것을 뼈저리게 느끼며 살았던 그녀는 방패막이로 끼고 살았던 세자(인종)를 끌어내리고, 자기 아들을 왕위로 올리기 위해 정쟁에 적극적으로 뛰어들었다. 그녀는 자신의 안위를 보존하기 위해 온갖 방법을 도모하여 끝내 권력을 쟁취하였다.

문정왕후는 독실한 불교 신봉자였던가. 어린 아들을 대신하여 수렴청정으로 왕권을 장악하자, 선대에서는 감히 감행하지 못했던 불교 중흥에 힘을 쓰기 시작했다. 조선은 성리학 국가였지만 일반 백성들은 불교를 많이 믿었다. 유교는 사후세계에 대하여 설명해 주지 못하는 반면, 불교는 사후세계를 설명해

줄 수 있었기 때문일 것이다. 그녀는 승려 보우를 총애하며 선종과 교종을 다시 일으키고 승과와 도첩제를 부활하였다. 봉은사를 선종 본산으로 하고 주지를 보우 스님으로 임명하였다. 이 당시 만들어진 승과에 등용되어 임진왜란 때 맹활약한 사람으로 서산대사와 사명대사가 있다.

왕권을 틀어쥐고 관료들을 쥐락펴락하며 정사를 이끌던 문정왕후가, 회암사에서 열리는 큰 재를 앞두고 목욕재계를 한 후, 병을 얻어 다시는 일어나지 못하게 되었다. 그녀가 숨을 거두자 우려했던 일들이 일어나기 시작했다. 불교는 다시 핍박의 길로 들어서고, 보우 스님은 유생들의 탄핵을 받아 제주도로 귀양을 갔다가 제주 목사에게 피살되었다. 문정왕후 곁에서 전횡을 휘둘렀던 윤원형과 정난정도 비참한 최후를 맞았다.

텅 빈 절터에 서니 생각이 많다. 나는 문정왕후가 행한 정치나 악행들에 대해 왈가왈부하고 싶지 않다. 권력이라는 것의 허망한 뒷모습을 보니 씁쓸할 뿐이다. 그녀는 남편 중종 곁에 묻히고 싶어 했지만, 하늘은 그것을 허락하지 않았는가 보다. 지금 태릉에 홀로 쓸쓸하게 누워있다. 일찌감치 인생무상을 노래한 나옹화상의 시조를 읊조려본다.

"청산은 나를 보고 말없이 살라 하고, 창공은 나를 보고 티 없이 살라 하네. 사랑도 벗어 놓고 미움도 벗어 놓고, 물같이 바람같이 살다 가라 하네."

회암사지에는 주인을 알 수 없는 회암사지 부도탑이 하나 있다. 탑신에는 비천하는 용과 천마, 연화문과 당초문 등이 화려하게 새겨져 있다. 그 문양들을 살펴보는데 낯선 두 사람이 가까이 다가온다. 그들 중 탑에 관심을 보이는 한 사람에게 부도탑을 배경으로 사진 한 장을 찍어달라고 부탁하였다. 나는 친구와 함께 부도탑 앞에 앉아 사진 한 장을 찍고 그에게 답례로 한 장 찍어주겠다고 하였더니 일행이 기독교 신자라 안 찍으려 할 거라고 하였다. 그의 일행에게 다가가 "이것은 문화재니까 기념으로 친구분과 한 장 찍어보세요."라고 말해 보았으나 그녀는 마다하였다. 방금 전에 내 친구는 가톨릭 신자이지만 불교 신자였던 어머니를 위해 법당에서 축원을 드리고 나왔다. 친구의 종교에 대한 포용력이 새삼 넓게 느껴졌다.

따사롭던 가을볕이 서산으로 기울고 있다. 이제 천보산 회암사지를 떠나야 할 시간, 이 세상에 영원한 것은 아무것도 없다는 깨달음을 얻고 집으로 향한다.

# 사진 찍기 수난 시대

•
•
•

## 부산 여행

여행은 시작부터 조짐이 좋지 않았다. 출발 전 한 명이 갑자기 일이 생겨 하루 늦게 합류하겠다는 연락을 해왔다. KTX 가족석 한자리는 겉옷 가지와 가방들이 차지하였다. 부산에 도착하니 비가 억수같이 쏟아지고 있었다. 일정을 불가피하게 변경해야 했다. 부산에선 돼지국밥을 먹어봐야 한다기에 굳이 그걸 먹으러 갔지만, 추천까지 받아서 먹을 정도는 아니라는 생각이 들었다. 비가 너무 쏟아져서 마땅히 갈 곳이 없었다. 그래도 숙소로 그냥 들어가기에는 뭔가 서운했다. 딸들에게 전화로 구조 요청을 했더니 찜질방 스파랜드를 추천해줬다. 찜질방을 가기 위해 택시를 잡으려 하니 그 많던 택시들이 다 어디로 갔는지 보이지 않았다. 택시를 잡으려고 조금씩 앞으로 걸어간 것이 지하철역까지 가게 되었다. 생쥐 꼴로 지하철을 타고 대형 찜질방에 가서 생각지 못한 휴식을 가졌다.

다행히 다음 날은 날씨가 화창했다. 용궁사, 해파랑 길을 거쳐 늦은 오후에 범어사에 도착했다. 천 년 고찰 범어사는 내가 가보고 싶은 곳이었다. 나는 입구부터 단풍에 마음을 빼앗겨 사찰은 뒷전으로 하고 주변 풍경에 감탄사를 남발하고 있었다. 푸르른 대나무 숲과 붉은 단풍이 대조를 이루고 있는 돌담길에서는 사진을 이리 찍고 저리 찍느라 친구들이 그만 가자고 재촉하는 말도 듣는 둥 마는 둥 하였다.

하루 늦게 합류한 친구와 함께 네 명이 저녁을 먹고, 택시를 타고 홍콩 야경을 방불케 한다는 곳으로 갔다. 홍콩에 비유하기엔 다소 무리가 있는 곳이었지만 나의 사진 찍기는 여기에서도 다시 시작되었다. 나와 두 명의 친구가 서로 돌아가며 사진을 찍어주고 있을 때 한 친구는 자리에 못 박힌 듯 서서 한 번도 우리들을 찍어주지 않고 있는 것이 눈에 거슬렸다.

'팔자 좋은 마나님이라고 부르니까 자기가 진짜 마나님인 줄 아나.' 그 친구에게 "이번엔 네가 좀 찍어봐."라고 했더니 "대충 좀 찍어." 하며 버럭 짜증을 내었다. 다른 때 같았으면 대수롭지 않게 넘겼을 그 짧은 한마디가 나의 심중 어떤 감정을 건드렸는지 와락 화가 났다. 동시에 섭섭함이 몰려왔다. 나는 동시다발적으로 일어나는 복잡한 감정을 주체할 수 없었다. '우리가 이런 사이였나.' 친구들을 향한 그동안의 내 생각과 수고들이 헛것이었나 싶은 생각이 들었다. 모든 것이 시큰둥하게 느껴졌다. 그래서 말문을 닫아버렸다. 아무 말도 하고 싶지 않고 아무것도 보고 싶지 않았다.

그러나 그 와중에도 일정은 소화해야 한다는 생각을 하였다. 택시를 잡아타고 광안리로 향했다. 나는 말 없이 바닷가를 걸었다. 생각은 꼬리에 꼬리를 물고 그동안 내가 했던 행동들을 되돌아보았다. 그러는 동안 아무도 내게 말을 걸어오지 않았다. 친구들은 저희끼리 이야기를 나누며 해변을 걷고 있었다. 이따금 느끼던 외로움이 더욱더 진하게 느껴졌다. 시작부터 삐걱대던 여행이 파국으로 치닫는 느낌이 들었다. 주변의 모든 것들이 무의미하게 느껴졌다.

나는 사진 찍기를 좋아한다. 언제부턴가 이런저런 이유로 사진 찍는 재미가 예전만 못해졌다. 그런데 가끔은 발동이 걸려 정신을 못 차릴 때가 있다. 부산여행에서 그랬던 것 같다. 앞서 걸어가는 친구들을 수없이 불러 세워 사진을 찍었다.

친구의 한 마디에 마음이 상한 나의 무의식중에는 무엇이 있었을까. 그 친구와 나는 너무 대조적인 삶을 산다. 돌봐야 할 가족이 많은 나와 달리, 친구는 시부모, 친정 부모님도 안 계시고 아들 둘은 독립하여 남편과 둘이 단출하게 산다. 그의 남편은 가정적인 사람으로 집안일도 잘 도와준다.

그래서 나는 친구를 '팔자 좋은 마나님'이라고 부른다. 나는 그에게 부러움과 함께 시샘도 갖고 있다. 언젠가 그가 내게 이런 말을 했다. "나는 여행을 많이 다니는 네가 부럽기도 하지만, 일 많은 너를 보면 여행 안 다녀도 이렇게 편히 사는 게 낫다는 생각이 든다."

나중에 들어보니 당시 친구는 몸 상태가 좋지 않았다. 기분 좋은 분위기를 깰까 봐 참고 있는데, 눈치 없이 내가 똑같은 사진을 자꾸 찍어대서 짜증이 났다고 했다.

그까짓 게 뭐라고 나는 분위기 파악도 못 하고 그렇게 사진을 찍어대고 있었을까. 다시는 그러지 말아야지 다짐을 하지만 장담할 수는 없다. 사진 찍는 것은 나의 일상 중 하나가 되어버렸다.

전화 통화를 하면서 의미 없이 끄적이는 낙서처럼, 어떤 사진들은 아무 의미 없는 사진이 되어 지워버리기도 하지만, 그날 그 시간에 느낀 감상 또는 그 분위기를 간직하고 싶어 소장하는 것들이 있다. '사진으로 쓰는 일기'처럼 말이다.

## 호캉스

답답한 마스크를 벗고 나도 쾌적한 호텔에서 하루쯤 호사를 누려보고 싶었다. 딸아이가 호텔을 예약해 주겠다고 해서 누구랑 갈까 고민을 하다가 세 친구를 떠올렸다.

세 친구와 하는 카톡방에 글을 띄웠다. "우리 호캉스 갈까." 친구들이 그게 뭐냐고 물었다. 이러저러한 대화 끝에 우리도 호캉스를 가기로 했다. 사는 곳이 김포, 일산, 과천으로 뿔뿔이 흩어져 있으니 대중교통이 편한 삼성역에 있는 인터콘티넨털로 예약을 했다.

호텔 실내로 들어서기가 바쁘게 얼른 사진 몇 장을 찍었다. 요즘은 사진 찍는 것도 조심스럽다. 침실과 거실로 분리되어 있는 공간 배치가 마음에 들었다. 거실 커튼을 걷으니 정면으로 봉은사 사찰이 훤히 내려다보였다. 동서로 길게 뻗은 넓은 봉은사로 양쪽으로 고층빌딩들이 열병식을 하듯 곧추서서 끝없이 이어져 있다. 그 전경을 내려다보고 있으려니 짜릿한 기분이 들었다. 여행 중도 아니고 가까운 곳에 멀쩡한 집 놔두고, 하룻밤 자고 뷔페 한 끼 하려고 비싼 돈 들이는 이게 무슨 짓인가 싶다가도 남들 하는 거 나라고 못 할 거 없다는 호기를 부려본다. 소파에 둘러앉아 잡담들을 늘어놓기 시작했다. 우리의 만남은 늘 특별한 것 없이 싱겁지만 편안하다. 참 무던한 성격들이다.

나는 학교 다닐 때 이 친구들을 알지 못했다. 이들은 위 아랫집 사는 이웃으로 많은 아이들과 어울려 다녔지만 나는 친한 몇 명 하고만 어울려 다녀서 우리 사이에는 교류가 없었다.

내가 결혼할 즈음에 여고 동창 십여 명이 모임을 시작했다. 그때 이 친구들을 처음으로 알게 됐다. 모임을 오래 하다 보니 그동안 이런저런 이유로 한 명씩 빠져나가서 네 명이 남아 모임을 유지해 왔다. 그런데 얼마 전 또 한 명이 이탈하여 지금은 세 명만 남았다.

몇 년 전 친구들에게 일본으로 온천 여행을 가자고 부추겼다. 우리는 꽤 오랫동안 만나왔지만 한 번도 해외여행을 같이 간 적이 없었다. 2017년 1월 중순에 일본 북규슈로 떠난 여행은 친구들에게 두려움과 설렘으로 시작하여 달콤한 후유증을 남겼다. 이후 내가 선동을 하면 그들은 잘 따라나섰다. 얼마 전 부산 여행을 제시했을 때도 선뜻 호응해 주었다. 이때까지 우리는 네 명이었다.

친구들이 가고 싶다는 곳들을 선별하고 지역별로 분류하여 3일간의 여행루트를 짜고 숙소와 기차를 예약할 때까지만 해도 좋았다. 그러나 작은 오해로 여행의 끝은 좋지 않았다. 그 여행은 나 자신을 돌아보는 계기가 되었다. 앞으로 어떤 마음으로 행동하며 살아야 할 지에 대해 많이 생각했다.

사람이 살면서 상처를 하나도 받지 않고 살 수는 없다. 그렇다면 덜 받는 방법을 찾아야 한다. 그건 남이 해줄 수 있는 것이 아니라 내가 해야 할 일이다. 나는 마음의 품을 넓히고, 사물이든 사람이든 너무 연연하지 않기로 했다. 사진 찍기도 그 중 하나다. 내 만족에 하는 행동이니 남에게 피해를 입히지 말아야 할 것이다. 요즘 내 사진엔 자연과 사람들의 뒷모습이 많이 찍힌다.

하지만 오늘은 예외다. 우리가 처음으로 호캉스라는 것을 오지 않았는가. 기념사진 한 장은 남겨야 할 것 같다.

"애들아, 여기 좀 봐 인증샷은 찍어야지."

"또 시작이다. 또."

## 바람의 섬

배를 타면 금방 닿을 거리에 이프성이 섬처럼 떠 있다. 항구를 방어하기 위해 축조된 것이라고 한다. 그러나 그 성은 전투에 사용되지는 않았고, 중죄수들을 가두는 수용소로 악명을 떨쳤다. 후에 〈몽테크리스토 백작〉 〈철가면〉 등의 문학 소설의 배경이 된 곳으로 마르세유항을 찾게된 우리의 목적지다.

항구로 부는 바람이 세차다. 우리는 목적지를 코앞에 두고 발이 묶여 바람이 잦아들길 기다리고 있다. 하지만 바람은 좀처럼 잦아들 기미가 보이지 않는다. 오래 기다린 보람도 없이 안타까운 소식이 전해진다. 파도 때문에 이프성 접안이 어려워 운항이 금지되었단다. 낭패도 이만저만 한 낭패가 아니다. 여기까지 와서 헛걸음 치고 돌아갈 수는 없다. 분분한 의견 중에 이프성에서 그리 멀지 않은 후로일라섬을 다녀오기로 하였다.

배에 올라타자 뱃머리에 자리를 잡았다. 이프성 옆을 지나갈 때 조금이라도 가까이 볼 요량이다. 배가 항구를 벗어나자 너울 춤을 추기 시작한다. 뱃머리에 부딪히는 파도의 하얀 거품이 배안까지 쏟아져 들어오기에 선실 뒤편으로 자리를 옮겼다. 멀어지는 마르세유항을 바라보고 있으려니 배의 심한 롤링이 느껴진다. 흡사 놀이기구를 탄 듯하다. 놀이기구를 즐기지 않지만 손잡이를 움켜쥐고 배에 몸을 맡기는 수밖에 없다.

그때 선실 안에서 너울에 맞춰 비명소리가 들려오기 시작한다. 놀이동산에서 흔히 듣던 비명소리다. 누군지 모르지만 요란스럽게 즐긴다는 생각을 하였다. 나는 자기 감정표현이 참 서투른 사람이다. 그래서 감정을 있는 그대로 드러내는 사람을 보면 부럽기도 하고, 다른 한편으론 당황스럽거나 부담스럽다. 비명을 질러대는 선실 쪽을 바라보지만 내가 앉은 자리에선 아무 것도 보이지 않는다. 그 소리가 들릴 때마다 나는 옆 사람과 '누군지 유난스럽게도 즐기네'라며 눈빛을 주고 받는다. 그 소리가 좀처럼 그치지 않자 옆 사람이 소리의 원인을 확인하려고 선실을 다녀와서 전하는 말이, 공포에서 나오는 비명이라고 알려준다. 일행 중 한 명이 두려움과 공포로 비명을 질러대는 것이다. 하지만 아무도 그가 느끼는 공포를 가라앉혀줄 방법을 모른다. 해결방법은 이 상황에서 벗어나는 것이다. 폐쇄공포증이나 공황장애 같은 고통을 당해보지 않은 사람이 그 고통을 어찌 알겠는가. 배가 요동을 치며 운항하는 한 그 고통은 온전히 그녀의 몫이다.

얼마를 달렸을까, 파도가 잠잠해 지니 비명도 멎고 배는 선착장으로 들어선다. 사람들 표정이 다시 평온해 보인다. 나갈 때의 걱정이랑 뱃머리에 묶어두고 지금은 즐겨야 할 시간이다. 일행들은 미지의 섬을 둘러보기 위해 걸음을 옮긴다.

커다란 석회암 바위 사이로 얕으막한 언덕 길이 보인다. 모두들 그곳으로 향한다. 골 사이로 거센 바람이 몰아친다. 산 넘어 산이라더니 파도를 헤치고 왔더니 또 거센 바람이 저항을 한다. 우리가 여기를 어떻게 왔는데 이깟 바람에 물러서겠는가. 바람에 맞서 걷는다. 옷가지들이 하늘로 날아오를 듯 격렬하게 몸부림을 쳐댄다. 거친 바람의 손길에 꾹꾹 눌러쓴 모자도 바들바들 진저리를 치고, 머리카락은 산발이 되어 하늘로 휘날린다. 정신을 차릴 수가 없다. 섬이 방문객을 완강히 거부하는 것 같다. 그러나 저 멀리 섬의 품으로 파고든 아름다운 바다 풍경이 한 폭의 그림처럼 펼쳐져 있다. 걸음을 멈출 수 없다. 바람의 저항을 이겨내고 드디어 바다 앞에 섰다. 하루가 참 드라마틱하게 지나가는 것 같다.

아침에 관광버스의 뒷바퀴에 문제가 생겨 정비업소를 찾아

돌아다녔고, 그것을 고치는 동안 우리는 버스에 우두커니 앉아 그걸 지켜보아야했다. 그리고 점심으로 마르세유항에서 부야베스를 먹었지만 나는 한 입도 먹지 못했다. 내가 상상했던 음식과 너무 달랐다. 원래 이 음식은 어부들이 상태가 좋지 않아 팔지 못한 물고기나 잡어들을 한 번에 넣고 끓인 것에 야채를 추가하여 양을 늘려 먹었던 것이 그 기원이다. 이후 조개, 갑각류 등 재료를 추가하여 음식이 변형되었다고 하는데, 내가 먹은 것은 그야말로 어부들이 초창기에 먹던 부야베스였던 것 같다. 도무지 입맛에 맞지 않았다. 나뿐 아니라 대부분의 사람들도 제대로 먹지 못한 것 같다. 나는 큰 기대를 가졌다가 크게 실망하고 그것을 이렇게 불렀다. "부아나게 하는 부야베스"

섬 주변을 둘러본다. 하늘의 구름은 얇은 솜이불을 부채살처럼 펼쳐놓은 듯하다. 바다는 섬의 품으로 깊숙이 파고 들어 해안가에 하얀 물거품을 풀어놓고 있다. 바다 위 은빛 물결을 보고있자니 꿈결같이 지나간 시간들이 떠오른다. 오베르, 보르도, 카르카손, 아를, 아비뇽…, 그곳에서 쌓은 보석같은 추억들이 은빛 조각으로 빛나는 듯하다.

섬을 벗어날 시간이다. 이번엔 바다를 바라보며 걸을 수 있는 언덕 길로 걸음을 옮긴다. 언덕 끝에 이르니 또다시 거센 바람이 휘몰아친다. 높은 곳에서 바라보는 바다는 사뭇 다른 느낌으로 다가온다. 절벽 위에 앙증맞은 꽃들이 납작 엎드려 옹기종기 피어있다. 나도 납작 엎드려 꽃들과 눈높이를 맞춰본다. 꽃이 바다위에 핀 듯하다. 그 모습을 사진에 담고 다시 마르세유로 향하는 배에 몸을 싣는다. 돌아가는 배는 등 떠미는 바람 덕에 순풍에 돛 단 듯 매끄럽게 달린다. 후로일라 섬이 점점 멀어져간다. 우리들은 그 섬을 '바람의 섬'이라 부른다.

# 광통교 다리에 숨다

밝은 햇살을 등에 업고 청계천 물길을 따라 걷는다. 맨살의 나뭇가지에 연둣빛 생기가 달려있다. 봄의 문턱을 넘어가는 나무의 몸짓, 엄동설한을 이겨낸 인고의 산물이다.

광통교 아래에서 잠시 걸음을 멈추었다. 널다리 형태의 석교는 다리 상판을 화강석으로 만든 돌기둥 7개가 2줄로 받치고 있다. 단단한 화강암에 돋을새김으로 새겨진 구름문양과 당초문양이 섬세하고 아름답다. 개중에는 문양을 거꾸로 하고 있는 것들도 보인다. 고개를 옆으로 꺾어서 바라보니 신장상(神將像)이 구름 사이에서 두 손을 합장하고 있다.

석물들에 대해 전해지는 여러 가지 설 중의 하나는 이러하다. 신덕왕후 강씨에게 깊은 저주를 하고 있던 태종이 신덕왕후 능의 석물로 다리를 만들어 그녀를 능멸하고자 온 백성들로 하여금 그것을 밟고 다니게 하였다는 것이다.

강씨는 태조 이성계의 경처였다. 향리에 두는 향처는 한씨였고, 개경에 두는 경처가 강씨였던 것이다. 한씨는 조선이 개국하기 1년 전에 죽었다. 태조 이성계가 왕위에 오르자 강씨가 현비로 책봉되어 조선 최초의 왕비가 되었다. 그녀는 정도전의 도움을 받아 자신의 어린 아들 방석을 세자로 책봉시키는 데 성공한다.

이성계의 의도가 궁금하다. 그는 왜 그런 선택을 했을까. 사랑하는 여인이 원하므로 그랬을까. 아니면 그 어린 자식이 이뻐서 그랬을까. 한 나라를 다스리는 왕이 무슨 생각으로 장성한 자식들을 제쳐두고 어린 것을 세자로 세웠을까. 왕비의 치마폭에서 헤어나지 못해서 그랬을까. 아니면 왕비와 신하의 협공작전에 휘말려 윤허하게 된 것일까.

신덕왕후는 자신이 원하는 대로 방석이 세자가 되는 것에는 성공하였으나 자신 앞에 다가온 죽음의 그림자는 미처 보지 못했다. 그녀는 어린 자식을 바람 앞의 등잔불로 남겨두고 세상을 떠나고 말았다. 한 치 앞을 내다볼 수 없는 것이 사람의 일이라고 했던가. 위기는 누군가에게는 불안과 절망을 안겨주고, 누군가에게는 기회와 희망을 꿈꾸게 한다.

이성계는 도성 안에 능묘를 둘 수 없다는 신하들의 만류에도 불구하고, 경복궁에서 바라보이는 곳에 정릉을 조성하고, 자신도 죽으면 신덕왕후 곁에 묻힐 수 있도록 수릉도 조성해 놓게 했다. 그리고 흥천사를 세우고 신덕왕후에게 제를 올리는 종소리를 듣고서야 침소에 들고 아침에는 명복을 비는 목탁 소리를 들은 후에야 수라를 들었다고 한다. 이성계의 신덕왕후에 대한 사랑이 눈물겹기도 하지만, 생각하기에 따라 볼썽사납게 느껴지기도 했을 것 같다.

이방원은 조선 개국 후 한동안 정치적 실권에서 배제되고, 아버지로부터 철저하게 소외되어 있었다. 신덕왕후의 서거는 그에게 기회였다. 정치적 운신의 폭을 넓혀 외척세력들을 몰아내고, 상징적인 최고 권력자가 아닌 실질적인 권력을 가진 강력한 군주가 되고자 발 빠르게 움직였다.

태종 이방원은 종묘에 신위를 모실 때, 태조 이성계와 친어머니인 신의왕후 한씨를 함께 모시고, 후궁으로 격하시킨 신덕왕후의 신위는 모시지 않았다. 또한, 도성 안에 넓게 자리하고 있던 신덕왕후의 정릉을 이장시켰다. 옮겨지는 능이 위상을 갖출 리 만무하다. 결국 이성계의 정성과 당시 장인들의 뛰어난 솜씨로 아름답게 만들어진 정릉의 병풍석 난간석 등 석물들은 훼손되었다. 그 석물들을 후에 광통교가 홍수로 무너지자 보수하는 데 사용하였다. 홍수 때마다 불편을 겪던 백성들은 튼튼

한 다리를 이용하여 안정된 생활을 이어갈 수 있었다.

태종이 신덕왕후를 능멸하기 위해 그 석물로 다리를 만들었을까. 정릉을 이장하고 묘로 강등시킬 때는 그런 마음이 없지 않았을 것이다. 그러나 물자도 귀하고 재정도 넉넉지 못했던 건국 초기 시절에 그것을 사용함은 합리적인 선택이었을 것 같다.

역사는 시행착오를 겪으며 앞으로 나아간다는 말이 떠오른다. 피비린내를 뿌리며 왕위에 오른 태종은 자신이 꿈꾸는 국가의 기틀을 바로 세우기 위해 힘썼다. 그는 개국 공신들에게는 인정받지 못했지만, 나라의 근간인 백성들의 어려움을 해소시키기 위해 힘쓴 왕이었다. 그는 불안정한 신생국 조선을 뛰어난 정치역량을 발휘하여 탄탄한 반석에 올려놓았다. 골육상쟁을 벌이면서 쟁취한 왕위를 52세에 미련 없이 세종에게 양위하였다. 이는 왕위에 집착하지 않고 국가의 미래를 내다본 넓은 안목이라 하지 않을 수 없다. 부자간에도 왕위를 놓고 살육이 오가는 권력 생리에 비추어 볼 때 더더욱 그러하다. 정치가 시끄럽고 지도자가 능력이 없으면 그 등쌀에 죽어나는 것은 백성들뿐이다.

시간이 지난 후에 깨닫게 되는 것이 너무 많다. 이성계가 신덕왕후 편에 서서 방석을 세자로 앉혔던 것에는, 왕권을 약화

시키고 신권이 주도권을 잡는 국가를 세우려는 사림파 정도전과 남은의 계산이 깔려 있었다. 이들의 목표는 왕권과 신권이 권력을 나누는 이상주의 국가였다. 사림과 훈구의 대립은 조선시대 내내 피 튀는 싸움으로 점철되었다.

태종이 자신의 야망을 이루기 위한 과정에서 만들어진 상처들을 어루만지는 듯, 서산으로 기우는 햇빛이 다리 밑 석물을 따스한 손길로 어루만지고 있다.

집으로 돌아가는 길, 아직도 광장엔 수많은 인파가 운집해 있다. 과거에는 사림파와 훈구파가 피 터지게 싸우더니, 요즘은 여당과 야당, 진보와 보수로 나뉘어 싸운다. 과거와 별반 다르지 않은 모습이다. 누구를 위한 싸움인지 소리만 요란하고 해법도 보이지 않는다.

# 황량한 들판이 내게 말하더라

들을 지나고 울타리 같은 나무숲 사이로 들어서니 넓은 들판이 나타났다. 듣던 대로 황량한 들판이었다. 신라의 찬란한 문화가 꽃 피었던 자리엔 아무것도 남아 있지 않았다. 아니 저만치에 봉긋하게 솟은 몇 개의 돌들이 눈에 들어왔다. 잰걸음으로 작은 둔덕에 올라 살펴보았다. 오랜 시간 한자리에 붙박여 자리하고 있던 돌은 거대한 바위 같았다. 따스한 온기를 품은 바위.

여행이나 답사를 다녀온 후 오래도록 기억에 남는 곳들이 있다. 대부분이 특별한 사연이나 이유가 있어서이다. 개중에는 특별한 이유 없이 마음이 끌려서 신경 쓰이는 곳이 있다. 경주 황룡사지가 그런 곳이다.

몇 해 전 경주 답사 때의 일이다. 답사를 마치고 서울로 돌아오는 길이었다. 시간이 조금 남았으니 황룡사지를 둘러보고 싶은 사람은 잠깐 다녀오라고 했다. 새벽같이 출발하여 빡빡한 일정을 소화하느라 피곤했던지 반은 버스에 남고 반은 황룡사지로 향했다. 나는 가본 적이 없던 터라 휘적휘적 따라나섰다.

석양빛에 빛나는 돌들과 짧은 조우를 마치고 버스에 올랐으나 줄곧 넓은 들판에 출렁이던 황금빛 노을과 돌들이 떠올랐다. 헛헛한 마음 때문인지 아쉬움 때문인지 알 수는 없었으나 가슴속 미련으로 남았다.

문우들과 경주여행을 다시 가게 됐다. 이번에는 자동차 한 대로 움직일 수 있는 소수의 인원으로 하는 여행이라 조금 자유로웠다. 그래서 황룡사지를 가보자는 말을 비추려는데, 숙소로 들어가서 쉬자는 의견이 나왔다. 나는 또 미루고 싶지 않았다. 차라리 혼자 가 볼까 싶었는데, 일행들이 늦은 시간에 혼자 보내는 것이 마음에 걸린다며 함께 따라나섰다.

황룡사지로 걸음을 옮겼다. 잠깐 사이에 어둠이 내려앉아 주변은 어두웠으나 코끝을 간질이는 바람은 상큼했다. 너른 들판 한편엔 당간지주가 우뚝 솟아 수직의 획을 긋고 있다. 당간지주가 있는 저곳도 또 다른 절터였으리라.

신라 시대의 경주는 "절이 별처럼 많고 탑이 기러기처럼 늘어서 있었다." 한다. 멀리 경주 시내의 불빛이 낮은 키로 옹기종기 모여 별처럼 빛나고 있다. 밤하늘을 올려다본다. 손톱 같은 달 주변으로 물에 닿은 먹빛처럼 희뿌연 빛이 은은하게 흐르고 있다.

오랜 세월 신라 불교의 구심점이자 신라인의 정신적 지주가 되었던 황룡사는 사라지고 없다. 인도의 아쇼카왕이 보낸 황금과 동으로 석가 삼존상을 본보기로 삼아 금동 장륙존상을 주조하였다고 하는데, 현재는 금당지에 석조대좌만 흔적으로 남아 있다. 황룡사 9층 목탑도 사라지고 초석만 남아 있다. 남산 답사 때 탑곡 마애불상불에 새겨진 9층 목탑을 본 기억이 난다. 9층 목탑의 양식과 크기를 가늠할 수 있게 새겨진 그것은 마치 영원히 지워지지 않는 기록 사진같이 느껴졌다.

금당도 탑도 사라진 들판에 단단한 어금니처럼 박혀있는 돌들을 살펴본다. 석조대좌의 엄청난 크기로 보아 자연석 바위인 것 같다. 바위를 평평하게 고른 뒤 장륙상의 발이 들어갈 수 있게 홈을 판 듯하다.

나는 왜 여행의 피로를 풀고 싶어 하는 일행들을 이끌고 이곳에 와 있는 것일까. 분명한 건 지식을 더 얻고자 한 것은 아니라는 것이다. 내가 처음으로 이곳에 왔을 때는 해가 서산으로 넘어가고 있었다. 붉은 노을 속의 황량한 들판이 내게는 무척 편안하게 느껴졌다. 듬직한 돌에 기대어 무념무상으로 앉아 있으면 세상 모든 시름이 사라질 것 같았다.

그러나 그런 여유를 부릴 수 없어서 아쉬움을 뒤로한 채 이곳을 떠나야 했다. 그것이 미련으로 남았었던가 보다. 황룡사지는 늘 다시 한번 들르고 싶은 곳이었다. 그 이상한 끌림이 줄곧 나를 잡아당겨서 오늘 나는, 황량한 들판에 이렇게 서 있는 것이다.

언제부턴가 내 몸과 마음이 고갈되는 것 같다는 생각이 들었다. 그래서 답사를 따라다녔고 여행 다니기를 즐겼다. 그것은 지식을 얻기 위함보다 재충전을 위한 수단이었다. 나 자신에 관한 보상이며 기분전환의 방법이기도 했다. 나에게 머리 흔드는 증상이 나타나기 전까지 그랬다. 그 증상이 심해져 병원을 찾았을 때서야 내 몸과 마음이 과부하에 걸렸다는 것을 알게 되었다.

나는 쉬어야 했다. 의사는 내게 몇 가지 처방과 함께 멍 때리기를 추천해 주었다. 숲멍, 불멍, 물멍, 들멍….

황룡사지가 그렇게 나를 불러대던 까닭을 이제야 알 것도 같다.

Chapter 4

# 나의 꽃이 저기 위에서, 나를

모두가 단잠에 빠진 깊은 시간,
나는 홀로 잠 못 이루고 별바라기를 하고 있다.
밤이 깊을수록 별은 총총하다.
오늘 밤 엄마는 어떤 꿈을 꾸게 될까.
아버지와 함께했던 여행지를 배회할까.
친정 부모님이 여행을 다니기 시작한 것이 언제부터였을까.
임진각을 다녀온 이후였을 것 같다.
살가웠던 여동생이 젊은 나이에 세상을 떠나자
엄마 눈에선 눈물이 마를 날이 없었다.
동생의 몸은 땅에 묻혔지만,
엄마의 가슴엔 여전히 살아있었다.
–본문 중에서

# 할머니의 봄날

내 앨범 속에 유난히 퇴색한 사진 한 장이 있다. 시골에서 올라오신 할머니와 창경원에서 찍은 사진이다. 할머니 옆에 나란히 앉아있는 나와 사촌들은 학교 문턱을 넘기 전이었다.

당시 아버지는 작은 사업체를 운영하고 있었다. 그곳에서 일하는 장정들 중에는 시골에서 올라온 사촌 오빠도 있었다. 시골 조부모님 댁에서 자란 사촌 오빠는 셋째 아버지의 아들로 할머니의 보살핌을 받으며 자랐다. 오빠는 할아버지 밑에서 한자 공부를 하며 자라서 그런지 고사성어를 섞어 유식한 사람처럼 말을 잘했다.

어느 날 시골에서 할머니께서 올라오셨다. 아버지는 오빠에게 할머니를 모시고 나가 창경원과 남산 구경을 시켜드리라고 했다. 오빠는 할머니와 나 그리고 사촌 둘을 데리고 창경원으로 향했다.

벚꽃이 흐드러지게 핀 창경원은 몰려든 상춘객들로 북적였다. 많은 사람들 속에 섞여 이곳저곳으로 동물 구경을 다니고, 비행기 놀이기구를 탔다. 사촌 중 누군가 빙빙 돌아가는 놀이기구에서 신발을 떨어트려 울고불고 난리를 쳤다. 사촌 둘은 나보다 한 살씩 어렸다. 한 명은 이웃에 사는 고모의 작은아들이고, 한 명은 할머니와 시골에서 사는 큰아버지의 막내아들이었다. 오빠는 한참 동안 사방을 뒤져 신발을 찾아와, 우는 아이를 달래고 회전목마를 타러 가자고 했다.

길게 선 줄이 줄어들어 우리가 탈 차례가 되었다. 할머니는 당신도 회전목마를 타겠다고 나섰다. 백발의 쪽 찐 머리에 허리가 굽은 할머니를 바라본 안내원은 대뜸 안 된다고 막아섰다. 위험하다는 것이다. 하지만 할머니는 이 정도는 탈 수 있다고 버티셨다. 어쩔 수 없다는 듯 안내원이 할머니를 목마 위에 태워드렸다. 할머니는 위아래로 올라갔다 내려갔다 하며 빙빙 돌아가는 회전목마 위에서 갈퀴 같은 손을 흔들어댔다. 주름 가득한 얼굴엔 함박꽃 웃음이 활짝 피었다.

창경궁은 조선왕조의 5대 궁궐 중 하나로 성종이 창덕궁의 좁은 공간에 함께 기거하는 세 명의 대비(세조비 정희왕후, 예종비 안순왕후, 덕종비 소혜왕후)를 위해 창덕궁 동쪽에 지은

궁궐이다. 이곳도 임진왜란, 병자호란을 비롯한 난리와 순조 때의 큰불로 대부분 소실되었다가 재건되었다.

나는 창경원이 일제강점기 일본인들의 만행으로 훼손된 궁이라는 것을 오랜 시간 후에 알게 되었다. 창경원에 있던 동물들은 과천 서울대공원으로 이주되었고, 유원지로 전락했던 궁은 복원 공사로 원래의 모습을 찾았다. 일본인의 만행으로 훼손된 곳이 한두 곳이 아니지만, 창경궁은 특히 조선 왕조의 상징이었던 왕궁의 존엄성을 훼손시키고자 한 것이라 의미가 남다르다. 그들은 궁 안에 동물원, 식물원, 박물관 등을 만들고, 그들의 나라꽃인 벚나무를 가득 심어놓았다. 창경궁은 유원지로 전락하여 창경원이 되었던 것이다. 일제의 교묘한 정책을 알 리 없는 어리석은 백성들은 창경원에서 놀이기구를 타고, 동물 구경을 하고, 봄맞이 꽃놀이를 하고, 뱃놀이를 즐겼다.

창경궁에는 온전한 모습으로 남아 있는 태실 하나가 있다. 성종의 태실이다. 어떻게 태실이 이곳에 자리하게 되었는지는 모르겠다. 태는 생명의 원천이며, 세상을 연결해 주는 생명 줄이다. 조선 왕실에서 출생한 아이의 태는 전국 곳곳의 명당에 봉안되었는데, 일제는 조선의 정기를 말살하기 위한 정책의 일환으로, 전국에 흩어져 있던 태실들을 모두 서삼릉에 몰아 놓았다. 서삼릉에는 태실뿐 아니라 여러 묘가 좁은 공간에 옹기종기 자리하고 있다.

창경궁에는 두 개의 연못이 있다. 앞의 큰 연못은 왕이 농사를 짓던 논이 있던 자리다. 일제시대 그들은 논 뒤쪽의 작은 연못인 춘당지의 물을 끌어와 큰 연못을 만들고 뱃놀이를 즐겼다. 지금은 복원하면서 연못 가운데 섬을 조성하고 전통 정원수인 왕벚나무를 심었다.

겨울이 등을 보이고 있으니 꽃 피는 계절이 멀지 않았다. 남쪽에서 봄소식이 파도를 타고 올라오면 창경궁 왕벚나무와 철쭉 군락이 맞아주는 그곳을 찾아가 봐야겠다.

할머니가 동백기름을 바르고 곱게 빗은 머리에 은비녀로 쪽을 지고, 백옥같이 흰 치마저고리를 나풀거리며 걷던 그 길을 걸어보리라. 꽃이 흐드러지게 피었던 그 날은 나의 유년 시절 중에 가장 아름다운 날이었다. 할머니의 봄날은 유난히 눈이 부셨다.

# 옥상에 올라가면 무슨 일이

오늘도 감기로 유치원을 못 가는 다섯 살 손주와 하루를 보내야 한다. 손주는 기차, 지하철을 좋아해서 지하철 타고 외출하는 것을 무척 좋아한다. 집 안에서 놀 때도 기차와 연관된 것을 즐긴다. 기차 그림을 그려달래서 그것에 색칠을 하고 가위로 오려서 가지고 논다. 지난 여름방학 중에는 집 안에 있는 것이 답답하여 4호선을 타고 이촌역에 가서 양평 방면 중앙선을 갈아타고 교외를 다녀왔다. 갈 때는 신나서 창밖을 내다보며 종알종알대더니 올 때는 세상 모르고 단잠에 빠져 돌아왔다. 그런 날은 하루가 훌쩍 지나간다.

오늘은 사흘째다. 감기로 어딜 나갈 수가 없으니 집안에서 지내야 한다. 첫날은 같이 야채를 썰고 볶아 김밥을 만들었다. 그다음 날은 제과점과 마트에 들러 몇 가지 재료를 사다가 샌

드위치를 만들어 먹었다. 어제는 인체모형 만들기를 했다. 피부 속에 감추어진 근육 속에 뼈와 장기들을 번호에 맞춰 붙이니 손주의 키보다 큰 모형이 만들어졌다. 오늘은 뭘할까 고민을 하다가 옥상 텃밭에서 고구마를 캐기로 했다.

아파트 옥상에 텃밭을 만들어 놓았다. 식당에서 김장할 때 많이 사용하는 붉은색 두꺼운 고무대야와 커다란 화분들이 밭 구실을 하고 있다. 둥글넓적한 고무대야 6개가 상추밭이다. 시어머니와 친정엄마는 옥상에서 키운 상추가 시중에서 파는 것들보다 햇볕을 많이 받아서 그런지 더 맛있다고 하였다. 방울토마토와 고추는 대형 화분 4개씩을 차지하고 있다. 그밖에 부추, 깻잎, 방앗잎 화분이 있고, 블루베리, 대추나무도 한 그루씩 있다. 지난가을에는 처음으로 대추나무에서 딴 대추를 차례상에 올렸다. 방울토마토는 여름내 손주뿐 아니라 가족들의 간식거리로 인기가 좋았다. 손주는 방울토마토 따 먹는 재미로 어린 몸에는 다소 가파른 계단을 오르락내리락 거렸다. 상추 끝난 자리엔 고구마를, 방울토마토 수확이 끝난 자리에는 가을 오이를 심었는데, 너무 늦게 심은 탓인지 작황이 별로 좋지 않다.

아이 목에 손수건을 둘러주고 양푼 하나를 챙겨 들고 옥상으로 올라갔다. 고구마순은 일찌감치 나물로 무쳐 먹어서 고구마

밭은 수확이 끝난 밭처럼 휑해 보인다. 어린 것의 고사리 같은 손에 일회용 장갑을 끼우고 손목을 테이프로 감아 흘러내리지 않게 고정시켜 주었다. 호미로 땅 파는 방법을 일러주고 작은 손에 호미를 쥐여주니 야무지게 호미질 하는 시늉을 한다. 몇 번의 호미질에 고구마 하나가 삐죽 고개를 내미니 호들갑스러운 탄성을 질러댄다. 재미가 붙었는지 신명 나게 호미질을 해댄다.

그렇게 세게 하면 고구마가 다친다고 했더니, 두 손을 걷어붙이고 파내기 시작한다. 크기가 고르지 않은 고구마가 하나, 둘 끌려 나올 때마다 신이 나서 환호성을 지르고 난리가 아니다. 다 캐 보니 두 번 정도는 쪄 먹을 양이다. 자신이 캔 고구마가 신기한지 마냥 싱글벙글이다. 좋아하는 아이를 보니 뭔가 더 해야 할 것 같다.

오이 넝쿨이 눈에 들어온다. 오이 넝쿨은 지지대를 움켜쥐고 높이 올라서서 가을맞이를 하고 있다. '옳다구나, 너 오늘 임자 만났다.' 이번엔 오이 따기다. 누런 잎들을 훑어 내니 시퍼런 오이가 드러난다. 아이 손에서 일회용 장갑을 벗기고 면장갑을 끼워주었다. 오이는 제 몸을 보호하기 위해 가시를 돋우고 있다. 그러나 야무진 어린 손끝에 꺾여 바닥에 얌전히 눕혀지고 만다. 아이는 오늘 수확한 오이와 고구마를 보며 좋아라 박수를 쳐댄다. 어린 것이 좋아하니 나도 기분이 좋다. 수확물과 함께 기념사진도 한 장 찍어준다.

"할머니, 저기 비행기."

"와~ 비행기가 오네. 어디에서 오는 걸까?."

"할머니, 규현이는 삼촌이 운전하는 비행기 타고 싶어."

"할머니도 타고 싶어. 삼촌이 연습 많이 해서 비행기 조종하면 우리 그거 타보자."

청계산 위로 모습을 보이기 시작한 비행기는 하늘을 가로질러 관악산 뒤로 훌쩍 몸을 감춘다. 또 다시 청계산 위로 비행기 한 대가 모습을 보인다. 나라 밖으로 드나들기가 수월찮다는데 하늘길은 여전히 바쁜 모습이다.

## 왜 하필 그때

살다 보면 '왜 하필 그때 그 일을 했을까.' '왜 하필 그때 그 일이 일어났을까.' 하는 생각이 들 때가 있다. 주변에서 일어나는 일이 내게도 일어날 수 있다는 것을 간과하고 살기 때문일 것이다.

그때도 그랬다. 계획했던 가족여행이 시아버님의 병환으로 무한 연기되다가 겨우 시간을 낼 수 있게 되어 미루던 여행을 추진하였다. 나는 심신이 너무 지쳐 있었고 어디론가 멀리 훌쩍 떠나고 싶었다. 시간이 안 된다는 아들을 집에 남겨두고 남편과 두 딸을 데리고 라오스로 향했다.

여행은 라오스의 수도 비엔티안을 시작으로 액티브한 여행지 방비엥을 거쳐 고대 도시 루앙프라방에서 유적들을 둘러보는 일정이었다. 라오스의 수도 비엔티안에서 하루를 묵은 후

외국인 전용 버스를 타고 방비엥에 도착했다. 활발한 여행지답게 젊은 배낭족들이 많았다.

튜빙과 카약으로 이루어진 하루 일정을 마치고 숙소로 돌아와 보니 핸드폰에 많은 전화가 와 있었다. 와이파이가 잘 터지지 않아 밖으로 나가 연락을 해보니, 시아버님께서 급성폐렴으로 돌아가셨다는 비보였다.

방비엥 숙소에서 비행기 표를 알아보기 위해 비엔티안 공항과 항공사에 전화 연락을 시도해 보았지만, 연결이 되지 않았다. 서울로 연락하여 좌석 하나를 겨우 구했다. 나머지는 직접 공항에 가서 구해볼 요량으로 짐을 싸서 비엔티안으로 향했다.

연휴를 맞은 관광객들로 비행기 좌석은 만석이었다. 남편 혼자 출국 수속을 마치고 들어갔다. 항공사 직원에게 자초지종을 이야기하고 좌석을 구할 수 없겠냐고 물었더니 출발 전까지 도착하지 않는 사람이 생기면 연락을 주겠단다. 평소에는 찾지도 않던 온갖 신들에게 간절히 기도를 하기 시작했다. 어려움이 닥치면 무의식 중에 찾게 되는 것이 신이다. 기도의 효력이었을까. 좌석 하나가 생겼다. 더 이상의 좌석은 구할 수 없어서 두 딸을 낯선 땅에 남겨두고 남편과 함께 비행기에 올랐다. 비행기는 가볍게 하늘로 날아오르는데 내 마음은 한없이 무겁게 가라앉았다.

나는 창밖에 시선을 던지고 많은 생각에 빠져들었다. 몸이 편찮으신 시아버님을 뒤로하고 여행을 떠난 것이 잘못이었나. 후회해도 소용없는 일 앞에서 나는 마음의 갈피를 잡지 못했다. 어렵고 힘든 고비 잘 견뎌내시더니, 왜 하필 우리가 자리를 비운 사이에 홀연히 떠나신 것일까. 나의 여행이 마땅찮으셨을까. 아니면 그동안 수고한 것에 대한 면죄부를 베풀어 주신 것일까. 가슴속 깊이 원망과 자책이 소용돌이쳤다.

시아버님은 고혈압, 당뇨, 전립선, 심혈관, 호흡기 등 노인성 질병을 앓고 계셨다. 두 번의 뇌졸중으로 보행에 약간의 불편은 있었지만, 식사만큼은 잘하셔서 체력은 괜찮으셨다. 운이 나쁘면 뒤로 넘어져도 코가 깨진다고 했던가. 고향이 바닷가로 생선을 좋아하셨던 아버님께서 우럭매운탕을 드시다 목에 가시가 걸리는 불상사가 발생했다. 바로 병원을 갔으면 좋았으련만 민간요법으로 밀어내려고 애를 쓰다가 뒤늦게 동네 병원을 찾게 됐다. 의사는 내시경으로 아무것도 보이는 것이 없다고 하는데, 아버님은 계속 통증을 호소했다. 급기야 대학병원에서 검사를 받고서야 목구멍 깊이 횡단으로 가시가 박혀있는 것을 발견했다. 가시가 염증을 일으키고 있었다. 연세가 많아 전신마취 수술이 불가능하다며, 의사들이 다른 방법을 찾아보겠다고 하는데, 그 결론이 내려지기까지 또 애를 태웠다.

중환자실 침대에 아버님의 손발이 묶이고 목에 산소호흡기가 끼워졌다. 나는 연로한 시어머니와 직장에 몸이 메인 형제들을 대신하여 혼자서 병원을 드나들어야 했다. 직장을 다니지 않는다는 이유로 많은 일이 내 몫으로 돌아왔다. 이것이 나의 몸과 마음을 지치게 하였다.

수술과 입원 생활을 하는 동안 아버님의 다리 근력이 쇠약해져서 홀로 보행할 수 없는 상황에 이르렀다. 간병인의 도움 없이는 혼자 거동도 못 하시는 데 집으로 가고 싶다고 하셨다. 시어머니는 도우미가 도와준다고 해도 집으로 모실 수는 없다고 완강히 거부하셨다. 자식들은 아무도 제집으로 모시겠다고 나서지 않았다. 나도 그랬다. 더는 다른 자식들의 몫을 짊어지고 싶지 않았다.

아버님은 대학병원에서 퇴원 후 종합병원으로 옮겨 한 달여를 보내다가 노인 요양병원으로 들어가셨다. 몸도 마음도 지친 나는 쉬고 싶었다. 그래서 도망치듯 미루어 오던 가족여행을 추진하였던 것이다. 그런데 아버님은 하필 이때 홀연히 세상을 떠나신 것이다.

집에 남아 있던 아들이 남편을 대신하여 상주 노릇을 하고 있었다. 시아버님 영정 앞에서 남편이 눈물을 훔쳤다. 나는 슬픔과 원망이 뒤섞인 복잡한 심정으로 주변을 둘러보았다. 낯선 사람처럼 느껴지는 형님과 함께 시누이들이 눈에 들어왔다. 참으로 오랜만에 온 가족이 다 모인 것 같다.

생전에 겁이 많던 아버님은 늘 화장이 싫다고 하셨다. 그러나 그 뜻을 따를 수가 없다. 아버님은 불꽃 속으로 드셨다.

아주버님은 신경도 쓰지 않는 선산을, 남편은 고향의 지인에게 벌초를 부탁하며 관리하고, 여름방학이 끝나기 전에 아이들을 데리고 다녀오고 있다. 그런데 아주버님은 선산을 마다하고 평택에 있는 추모공원에 아버님을 모시겠다고 하였다. 임종을 지키지 못한 남편과 나는 아무 말도 하지 못했다.

가톨릭 신자인 아주버님은 성당을 다니며 열심히 기도하고, 남편은 제사상을 차리는 데 정성을 다한다. 아주버님과 남편은 각기 다른 방식으로 참 열심히 살고 있다.

# 오 서방

여자는 약하지만, 어머니는 강하다고 했던가. 아내는 혼자 힘으로 집안을 꾸리고, 네 명의 아이를 키우고, 빚까지 갚아가고 있다. 그런 것들을 생각하면 오 서방은 아내 볼 면목이 없다. 하는 일들은 매번 왜 그렇게 잘 풀리지 않는지 답답하기 이를 데 없다.

오 서방은 거리를 걷다가 우연히 새 점을 보는 노인을 만났다. 호기심이 생겨 노인 앞에 쭈그리고 앉아 새가 뽑아주는 점괘를 보았다. 오래전 아내가 집주인 할머니의 손에 이끌려 점을 보고 와서 하던 말과 대동소이하다. 자신의 운이 이미 끝이 났다니, 지금 살아가는 것이 모두 아내의 덕이라니 믿고 싶지 않은 말이다. 아내 앞에서는 사람의 미래를 점쟁이들이 어찌 아느냐고 큰소리쳤지만, 새마저 그런 점괘를 보여주니 적잖이

섭섭하다.

아내가 아름아름 부탁해서 일자리 하나를 소개받았다. 상가 건물의 주차관리와 재활용 쓰레기를 분류하는 일이다. 마음에 드는 일은 아니었지만, 아내의 잔소리 듣는 것도 지겹고, 이 나이에 받아줄 곳도 없을 것 같아 출근을 시작했다. 이 직업은 남아 있는 자존심마저 내려놓기를 강요하는 것 같다. 별것도 아닌 일로 갑질을 해대는 인간들을 보면 속이 꼬여서 당장 때려치우고 싶다.

오 서방이 퇴근하여 집에 들어서기가 바쁘게 도시락통을 소파 위에 냅다 팽개치며 "나, 내일부터 이 일 안 나가." 하고 소리친 것이 한두 번이 아니다. 그의 아내는 오 서방이 그러거나 말거나 다음 날 아침이면 도시락을 싸서 식탁 위에 올려놓고 출근을 한다. 자존심의 꽃이 떨어져야 인격의 열매가 맺힌다는 말이 아니더라도 지금 자존심을 내세울 때가 아니라는 걸 그는 안다. 오 서방은 말없이 도시락통을 집어 들고 집을 나선다.

집 베란다에서 담배 한 대를 피우고 거실로 들어서는 오 서방에게 아내가 한마디 한다. "TV에서 그러는데 담배 피우는 사람보다, 그 냄새를 옆에서 맡는 사람이 더 건강에 해롭다고 합디다. 내가 먼저 죽거들랑 그 담배 냄새 때문인 줄이나 아슈."

오 서방은 라면 하나를 손수 끓여 먹어 본 적이 없다. 무엇이 어떻게 만들어져 요리가 되는지 알지 못할 뿐더러 아내를 앞세우고 혼자 사는 자신을 생각해 본 적도 없다. 홀아비로 살아가는 자신의 삶을 생각하니 앞이 캄캄하다. 수십 년간 피워온 담배를 하루아침에 끊어버렸다.

오 서방은 월급을 받지만, 여전히 집에 생활비를 내놓지 않는다. 많지도 않은 월급으로 차량 유지비, 체면 유지비, 집안 대소사를 챙기다 보면 남는 게 별로 없다. 아내에겐 꿩 먹고 알 먹는 식으로 여행을 데리고 다니는 것으로 퉁 치고 있다.

그는 살고 있는 아파트 한 채를 자식에게 남겨주기 위해 아둥바둥거리며 사는 아내를 이해할 수 없다. 자식들 일은 그들이 알아서 할 것이니 애면글면 속 끓일 일도 아니다. 자식들에게 손 안 벌리고 사는 게 도와주는 것이라 생각한다. 오 서방은 수중에 돈 떨어지면 '주택 담보 노후 연금'으로 살아갈 요량이다. 그의 아내만 까맣게 모르고 있을 뿐이다.

# 가위손

잡초가 무성한 산길이다. 이곳이 길인가 싶을 정도로 풀이 무성하다. 벌초 시기 이전에는 늘 이런 모습이다. 한여름임에도 불구하고 긴 팔, 긴바지로 무장을 하였다. 흡혈귀처럼 달려드는 모기들의 환영식을 대비해야 하기 때문이다. 한 번도 만난 적은 없었지만, 혹시 만날까 싶어 남편은 한 걸음 앞장서 걸으며 긴 막대기로 덤불을 이리저리 헤치며 뱀 쫓는 시늉을 한다.

시댁 선산을 찾아가는 날은 늘 덥다. 집에서 제사를 모시니 명절 이전에 다녀올 요량으로 내려오는 것이 늘 여름의 끝자락이다. 예전에 다니던 길은 주차도 불편하고 오르는 길도 험해서 우회하여 찾은 길이 지금 사용하는 길이다. 고갯마루에 차를 세우고 산을 오르는 것이라 길의 경사가 완만하다.

선산에 이르기 전에 중간에 뉘 집 묘인지 알 수는 없으나 두 군데의 묘를 지나게 된다. 한 곳은 세 개의 봉분이 자리하고 있으며 주변 관리를 잘하여 그 앞까지 경운기가 올라갈 정도로 산길이 넓다. 다른 한 곳은 무장묘인 듯 갈수록 형태가 허물어져 가고 있다. 우리 선산은 그 무장묘를 지나자마자 있다.

한여름엔 풀이 무성하지만, 벌초가 끝난 시기에 가면 이 길도 걸을 만한 곳이다. 잡초들이 제거된 길은 제법 넓고 호젓한 모습이다. 무성한 나무 그늘 속을 걷다가 밤나무 아래에서 수확의 기쁨을 누리기도 한다.

시댁 선산 주변의 나무가 울울창창해졌다. 결혼 후 처음 왔을 때만 해도 바다를 막고 있는 수문과 넓은 간척지의 논이 한눈에 들어왔는데, 지금은 사방으로 둘러싸인 나무들이 아름드리로 자라 시야를 막고 있다. 로마에서 본 판테온처럼 하늘을 향해 넓은 구멍이 뻥 뚫려있는 듯하다. 로마 판테온은 온갖 신을 모신 곳이라면, 이곳은 오직 조상 신만 모셨다는 것이 다를 뿐이다.

서둘러 간단하게 상을 차리고 술을 따르고 절을 올린다. 그리고 산소 주변을 한 바퀴 둘러본다. 봉분 옆으로 상수리나무가 단단하게 뿌리를 내리고 자란 모습이 보인다. 사람을 사서 벌초를 하다 보니 꼼꼼하게 살피지 못한 탓이다. 누굴 탓하랴.

자손들이 해야 할 일이거늘. 날 좋은 날 내려와 손을 봐야겠다고 생각하며 내려갈 준비를 한다.

산에서 내려가며 내가 하는 일이 있다. 길가로 삐죽 자란 나뭇가지들을 전지가위로 자르는 것이다. 눈높이에서 얼찐거리는 것들을 잘라내면 다니기도 수월하고 길이 훤하게 뚫려서 기분도 좋아진다. 가시가 무성한 망개나무 줄기도 밑둥을 잘라준다. 망개나무 뿌리 토복령이 약효가 좋다지만 누가 뿌리를 캐겠는가. 길 한가운데 뿌리를 내리기 시작하는 잡목들도 가위질을 한다.

그러다 보면 나는 매번 뒤처진다. 남편과 아이들은 이런 내 모습을 볼 때마다 그만 좀 하라고 다그치고 나는 알았다고 하면서 슬금슬금 가위질을 해댄다. 이걸 누가 시켜서 하겠는가. 내가 좋아서 하는 일이다. 전지를 시작한 첫해는 맨손으로 가지들을 자르다가 풀독이 올라 혼쫄이 났었다. 이젠 제수용품과 함께 필수품처럼 전지가위와 장갑을 챙긴다. 산길이 이나마 모양을 갖춘 것에는 나의 이 작업이 한몫했을 것으로 생각된다.

어느 해인가 남편은 벌써 내려가고 나 혼자 전지 작업을 할 때다. 한 남자가 선산 아래에서 올라와 내 옆을 스쳐 지나갔다. 산에서 사람과 마주치기는 처음이었다.

뒤늦게 차를 세워둔 곳에 내려와 보니 그 남자가 남편과 이야기를 나누고 있었다. 결혼 초에 알고 지내던 남편의 친구였다. 우리 선산 아래에 그 사람의 부모님 묘가 있었던가 보다. 밑의 길이 험해서 그도 이 길을 이용해 내려가는 중이라고 했다. 그는 젊어서는 마른 멸치를 연상하게 하는 왜소한 몸집이었는데 중년이 된 지금은 보기 좋은 몸이 되어 있다. 남편은 불쑥 나오는 배를 줄이기 위해 애를 쓰는 중인데, 그는 몸 관리를 잘한 사람처럼 늘씬해 보였다. 그가 내게 농을 건넨다.

"아~따 아줌씨, 혼자 나무를 다 해버릴라 했소."

"살째기 했는디 봐버렸소."

# 남도 여행의 맛

여름휴가를 맞아 남편의 고향을 여행하게 되었다. 우리 가족이 여름 휴가를 남쪽 지역에서 지내는 경우는 거의 없다. 남편은 추운 겨울에는 남쪽 지방이 좋지만, 더운 여름에는 강원도를 가야 된다고 생각하는 사람이다. 그런데 평소 말씀이 없는 친정아버지께서 사위 고향인 순천, 고흥 지역을 구경하고 싶다고 하셔서 더운 날씨에도 불구하고 남도 지방을 여행하게 된 것이다.

새벽같이 집을 나섰다. 차량이 몰리는 시간과 더위를 피하기 위해서이다. 남원을 잠시 들렀다 가다 보니 낙안읍성에 도착했을 때는 한낮 태양이 머리 위에서 이글거리고 있었다. 날씨가 좋으면 성벽을 걸으며 주변 풍광을 즐기련만 땡볕에 걷자니 좋은 줄도 모르겠고 시원한 그늘만 간절했다. 읍성 안의 골목길을 눈도장만 찍으며 게눈감추듯 순식간에 돌아보고 나왔다.

순천만으로 향했다. 바람에 일렁이는 갈대밭을 지나 전망대 방향으로 걸어가는데 잔잔한 비가 내리기 시작했다. 시원해서 땡볕보다는 낫다는 생각이 들었다. 우산을 쓰고 갈대밭을 둘러보고 전망대를 향해 걸어 올라갔다. 용산 전망대에 도착하여 순천만 습지를 내려다보았다. 볼 때마다 아름답게 느껴지는 습지대다. 갈대밭에 S자로 휘어진 물길과 둥근 방석모양의 크고 작은 갈대 섬들이 빗속에 젖어 있다. 해 질 녘 붉은 노을에 물든 모습이 장관이지만 빗속의 모습도 보기 좋았다.

빗줄기가 굵어지기 시작했다. 서둘러 무리에 섞여 산에서 내려오는데 빗줄기가 폭우로 변하여 쏟아졌다. 우산은 무용지물이 되었다. 이건 여행이 아니라 사서 하는 고생이었다. 내가 의도한 것은 아니지만 괜히 죄송하다는 생각이 들었다. 여행 중에 가장 중요한 것이 날씨라는 말이 새삼 떠올랐다.

숙소에 도착했을 때는 비가 개었다. 다도해가 한눈에 펼쳐 보였다. 썰물로 드러났던 뻘밭, 뻘배가 지나다니는 물고랑부터 채우기 시작한 바닷물이 서서히 차오르고 있다. 얼마 지나지 않아 숙소 바로 아래 바위까지 찰 것 같다.

잠자리에 들려는데 남편의 친구들이 찾아왔다. 어른들께 인사드리러 왔다고 했다. 친정 부모님은 그들을 반갑게 맞았다.

농촌 출신의 부모님 앞에 친구들이 두 손 가득 가져온 갖가지 생선회로 술상이 차려졌다. 생선 비린내를 싫어하는 엄마는 상 앞으로 다가오지도 않았다. 한 점만 드셔보라는 남편 친구의 권유에도 불구하고 엄마는 괜찮다며 합석하려 하지 않았다. 아버지는 처음 보는 사위 친구들과 이런저런 이야기를 나누며 술잔을 기울였다. 술을 잘 드시지 못하는 아버지는 금방 얼굴이 벌겋게 달아오르기 시작했다. 창밖에서 바위에 부딪히는 파도 소리가 듣기 좋게 들려왔다.

결혼해 보니 바닷가에서 자란 남편과 나의 입맛은 많이 달랐다. 내가 할 줄 아는 음식이 너무 없었다. 나는 나물이나 채소 종류를 주로 먹으며 자랐다. 생선으로는 갈치, 고등어, 꽁치, 임연수, 양미리 등 몇 가지 종류밖에 몰랐다. 반면에 남편은 바닷가 사람으로 정말 많은 종류의 생선을 먹으면서 자랐다.

그래서 철마다 먹고 싶은 음식도 많다. 나는 조개와 꼬막조차 구별하지 못했다. 꼬막을 삶는데 조개 삶듯이 푹 삶아서 남편을 아연실색하게 만들기도 했다. 쇠꼬막과 참꼬막도 구분 못하던 내가 그동안 꼬막을 얼마나 삶아댔는지 꼬막 삶는데 일가견이 생겼다.

바닷가 사람들은 먹는 것이 참 다양하다. 시뻘건 피조개를 생으로 먹는가 하면, 낚지도 다양한 방법으로 먹는다. 낚지호

롱, 탕탕이, 연포탕, 낙지볶음 등 먹는 방법이 풍요롭다. 아나고회 밖에 모르던 나는 세꼬시, 서대회, 전어회, 병어회, 주꾸미회, 홍어회 등 다양한 회를 먹어봤다. 뻘밭을 펄쩍펄쩍 뛰어다니는 짱뚱어로 끓인 짱뚱어탕, 홍어 내장으로 만든 홍어애탕 등 처음 먹어본 것들이 많다. 그러나 아직 먹어보지 못한 것이 있으니 그것은 삭힌 홍어다. 남편은 홍어 삼합이 맛있다고 그렇게 노래를 하는데, 나는 그것을 소 닭 보듯 한다.

친정 부모님은 두 분 다 충청도에서 자라면서 나물로 배를 채운 분이다. 그런데 언제부턴가 아버지는 회는 물론 생선으로 만든 모든 요리를 좋아하시게 됐다. 하지만 엄마는 여전히 나물을 좋아하고 생선은 비린내가 난다고 마다한다. 주방장이 비린내 나는 것을 싫어한다고 생선요리를 전혀 안 하는 건 아니다. 당신이 먹지 않을 뿐 밥상에 고등어 조림, 갈치 조림, 해물탕 같은 건 올린다. 친정엄마는 가리는 음식이 너무 많다. 상다리가 부러지게 차려진 남도 음식 앞에서도 엄마의 젓가락은 몇 가지 음식 앞에서 맴돌이를 한다.

# 적색 신호

볼랜담 숙소로 향하는 중이다. 렌터카의 기름이 바닥을 보이는데 아무리 달려도 주유소가 보이지 않는다. 내가 주유소를 절박하게 찾는 이유는 따로 있다. 내 몸의 것을 비워야 하는 일이 자동차에 기름을 넣는 일만큼이나 급하기 때문이다. 차가 좌측 샛길로 빠지더니 둑길을 달리기 시작한다. 내비게이션이 샛길을 알려주는가 보다 생각했다. 그러나 가도 가도 좁은 길이 끝도 없이 이어진다. 기름도 없고 몸은 바쁜데 설상가상으로 길을 잘못 든 것 같다. 운전하는 남편과 길 안내를 맡은 딸도 이상하다며 고개를 갸웃거린다. 좁은 길은 차를 돌릴 수조차 없으니 계속 앞으로 달리는 수밖에 달리 방법이 없다.

나는 망연자실한 상태로 창밖을 바라본다. 지표면과 거의 같은 높이의 물이 흐르고 있다. 도로의 지형에 따라 지면이 수면

보다 낮은 곳도 보인다. 이곳은 풍차의 나라. 이야기로 수없이 들었건만 도무지 상상이 안 되던 광경을 눈으로 확인하니 신기하다. 무심한 척해보지만, 물을 보니 몸이 더 안달이 난다. 아, 이 길은 언제 끝나고 주유소는 어디 있단 말인가.

우리는 넓디넓은 골프장을 한 바퀴 돌아 제자리로 나왔다. 딸이 내비게이션을 보며 멀지 않은 곳에 주유소가 있다고 알려준다. "아, 빨리 갑시다. 급해요 급해." 나는 믿지도 않는 모든 신을 부르며 기도한다. '신이시여 제발….'

멀리 로터리를 지나자마자 옆으로 주유소가 보인다. 어찌나 반갑던지 한달음에 달려갈 듯하다. 그러나 주유소를 코앞에 두고 차는 적색 신호에 걸려 멈춰 선다. 이런 긴박한 순간에 신호등까지 도움이 안 된다. '아, 제발….' 어디서 나타났는지 경찰차가 우리 앞으로 비집고 끼어든다. '모범이 되어야 할 경찰이 이러면 안 되지. 더욱이 우리는 초행길이라고 이 양반아….' 푸른 신호등이 들어오자 경찰차가 우측으로 빠지려 한다. 우리는 오로지 주유소를 향해 직전이다. 차의 기름도 바닥이 났지만 나는 지금 너무 급하다. 무조건 앞으로 달려야 한다.

옆으로 빠지려던 경찰차가 다시 우리의 앞길을 막는다. '왜 저러는 거야?' 그제야 경찰차 뒤에 켜진 전광판 글자가 눈에 들어온다. "POLICE FOLLOW ME" 전광판 글자가 반복적으로 돌아간다. “지금 우리보고 저희를 따라오라는 거야?” 운전하는 남편은 교통 위반한 것 없다며 그럴 리 없단다. 그럼 저 경찰차의 행동과 전광판의 글은 뭐란 말인가. 급기야 경찰차 운전석 창문이 열리고 얼굴을 내민 경찰이 따라오라고 손짓을 한다.

주유소를 코앞에 두고 갓길에 차를 댔다. 경찰이 다가와 하는 말을 나는 알아들을 수가 없다. 그가 무슨 말을 하든 나랑 상관없다. 나는 차 문을 박차고 뛰어나가 주유소를 향해 달린다. 경찰 일은 남편과 딸이 알아서 할 일이다. 나는 지금 너무 급하다. 주유소 편의점에서 키를 받아 화장실을 향해 총알처럼 달린다. 드디어 간절히 소망하던 평화가 찾아왔다. 몸의 평화는 세상을 바라보는 시선도 평화롭게 한다.

적색 신호가 초록 신호등으로 바뀌었다. 내 인생도 때때로 적색 신호가 켜지겠지만, 나는 반드시 바뀔 것을 안다. 초록 신호등으로….

경찰은 우리 이전에 이 렌터카를 사용한 사람을 찾고 있다. 그가 무슨 교통 위반을 했는지는 모르겠다. 아무튼, 우리는 다시 편안하게 주변 풍광을 즐기며 볼랜담으로 향한다.

## 허기

허기 탓이었을까. 더는 참지 못하고 다코야끼 하나를 덥석 깨물었다. 입안이 델 것 같은 뜨거움에 화들짝 놀라 자리에서 벌떡 일어났다. 뱉을 수도 삼킬 수도 없는 아찔한 순간, 눈물이 핑 돈다. 한 입 거리도 안 되는 것에 이리 뜨거운 맛을 보게 될 줄이야. 그러나 부주의해서 뜨거운 맛을 본 것이 어디 이번뿐일까. 내 발등을 내가 찍고, 돌이킬 수 없는 후회로 불면의 밤을 보낸 일이 생각난다.

과천 아파트를 전세로 내주고 방배동 주택가에서 살 때다. 세입자 A로부터 전화가 왔다. 전세대출을 받게 해달라는 것이었다. 사는 중간에 해달라는 것이니 못 해주겠다고 해도 무방한 상황이었다. 그러나 과거의 내 모습을 생각을 해보니 도와줘야 할 것 같았다.

안양에서 전세를 살 때, 주인이 아파트를 팔겠다며 전세 기간이 아직 남아 있는 우리에게 집을 사든지 아니면 비워달라고 했다. 집 없는 서러움이 느껴졌다. 인간에게는 소유욕이 있다. 전세살이하던 내게는 내 집 마련이라는 욕망이 있었다. 하지만 알뜰하게 살아도 그 욕망을 채우기란 쉽지 않았다.

세상은 늘 내게서 달아나는 듯했다. 잡히지 않는 세상에 나는 허기져 숨이 가빴다. 이참에 집 없는 서러움에서 벗어나 보자는 강한 욕구가 일었다. 첫애를 업고 안양에서 과천으로 넘어와 아파트를 알아보았다. 쥔 돈에 비해 집값이 턱없이 비쌌다. 소도 비빌 언덕이 있어야 비빈다고 하는데, 비빌 언덕이 없어 혼자 끌탕을 하고 있었다. 기댈 곳 없는 세상 한가운데 홀로 있는 듯 외로운 기분이 들었다. 그때 어디선가 친정엄마가 돈을 구해왔다. 허기진 배를 채워주는 단비 같은 그 돈을 보태 과천에 보금자리를 마련할 수 있었다. 그때 돈을 빌려준 엄마 친구분들이 없었으면 나는 한동안 전세살이에서 벗어나기 어려웠으리라.

추위가 기승을 부리던 겨울 아침, A가 대출담당자라는 사람과 서류를 가지고 왔다. 그들은 집안으로 들어오지도 않고 집 앞 주차장에서 내게 서류를 내밀며 도장을 찍어 달라고 했다. 나는 도장 찍은 서류를 건네며 그들에게 이것으로 인해 내가 신경 써야 하는 일이 생기지 않게 해달라고 당부했다.

A의 전세 기간이 끝나갈 무렵 그는 연장해서 더 살고 싶다고 하더니 한 달쯤 지나서는 다시 이사를 하겠다고 전화를 했다. A가 이사를 나가고 B가 들어와 살기 시작했다.

어느 날 낯선 번호의 전화를 받았다. A와 전세를 연장했냐고 묻는 대출업체의 전화였다. '그 사람, 이사 나간 지가 언젠데….' 번개처럼 대출담당자가 던진 말 한마디가 떠올랐다. "A가 이사 나갈 때 전화 한 통 주세요." 아뿔싸, 그가 전세대출금을 안 갚았구나. 뒤늦은 후회가 봇물 터진 듯 밀려들기 시작했다.

A에게 전화를 해보았지만, 연결이 되지 않았다. 은행을 찾아가 자초지종을 이야기하고 그의 연락처가 바뀌었는지 확인해달라고 했다. 그러나 돌아온 답은 개인정보 유출 금지로 알려줄 수 없다는 것이었다. 아무리 상황설명을 해도 알려줄 수 없다는 대답뿐이다. 맥이 풀려서 넋을 놓고 앉아있으려니 은행직원이 말하길 A는 그동안 이자를 한 번도 밀리지 않고 내왔단다. 이제 지점에서 할 수 있는 일은 아무것도 없고, 본사에서 어떤 조치를 취할 것이니 집에 가서 기다리라고 하였다. 아무 소득도 없이 돌아서려니 걸음이 떨어지질 않았다.

불면의 밤이 시작되었다. 모두가 잠든 깊은 밤에 나는 어둠 속을 서성이며 돌이킬 수 없는 지난날의 내 부주의를 자책했다. 입맛이 뚝 떨어지고 몸무게가 줄기 시작했다. 까맣게 탄 속을 내색하지 않으려 노력했지만 초췌해진 내 얼굴은 감출 수 없었던가 보다. 친구며 지인들이 무슨 일이 있느냐고 물어왔다. 속은 타들어 가고 머릿속은 복잡했지만, 아직 누구에게도 말하고 싶지 않았다. 말문을 닫아버린 내게, 남편은 아직 일어나지 않은 일로 속 끓일 필요 없다고 하였다. A가 그 돈을 안 갚으면 그때는 은행에서 그에 대한 정보를 알려줄 것이고, 그때 가서 법적으로 대항하면 된다는 것이다. 믿는 구석이 있는 듯 느긋해 보이는 남편과 달리 나는 엎질러진 물이라 생각하며 안달하였다.

악몽 같은 이 상황에서 벗어나기 위해 온갖 생각을 하기 시작하였다. A의 전세대출금은 일억 원이다. 이 돈이 없으면 나는 살 수 없는가. 나 자신과 바꿀 수 있는 금액인가. 터질 때 터지더라도 지금은 신경 쓰지 말자. 그까짓 것 있어도 살고 없어도 산다. 체념에 가까운 생각이 들었다. 그것만이 내가 살아갈 수 있는 유일한 길인 것 같았다.

자기최면을 걸듯 조금씩 생각을 바꾸니 마음의 여유가 생겼다. 그간의 일을 주변에 이야기할 수 있게 되었다. 그런데 그것이 가끔은 아니한만 못하다는 생각이 들 때가 있다. 걱정으로 물어보는 그들의 질문은 무심한 척 심중 깊이 밀어 넣었던 근심을 수면 위로 떠 오르게 하였다. 그럴 때면 일이 다 끝난 후에 털어놓을 걸 그랬다 싶은 생각이 들었다.

나를 지옥의 나락으로 떨어뜨렸던 한 통의 전화는, 나를 다시 지옥의 구렁텅이에서 건져 올렸다. A가 대출금을 상환했다는 것이다. 지옥은 멀리 있지 않았고, 죽어야만 가게 되는 곳도 아니었다. 단테는 베르길리우스의 안내를 받아 지옥과 연옥을 여행했지만, 나는 한 통의 전화로 지옥과 연옥을 다녀온 것 같다. 그곳은 내 삶, 마음속 어디에 똬리를 틀고 있다가 기회만 되면 고개를 내미는지도 모른다.

속을 알 수 없는 것이 다꼬야끼 뿐이겠는가. 속을 알 수 없는 것 중에 으뜸은 사람 속이다. 상대방의 편의를 봐주려고 한 것이 부주의한 탓에 고통으로 대가를 치러야 했다. 그 일은 평생 잊을 수 없는 교훈이 되었다. 도장값을 톡톡히 치른 셈이다. 아무 일도 일어나지 않는 날이 차라리 행복일까.

# 애마를 사랑한 아버지

백발의 여인이 운전석에 앉아 웃고 있다. 영국의 엘리자베스 여왕. 그녀 나이 95세. 젊은 시절 군에서 구호품 수송을 했다고 한다. 그녀가 아직도 직접 운전을 할 수 있는지 없는지는 모르겠으나, 연로한 분이 운전석에 앉아있는 모습을 보니, 문득 아버지의 운전이 생각난다.

아버지는 운전을 즐기셨다. 그런 만큼 당신이 원하는 곳으로 데려다주는 자동차도 무척 아끼셨다. 당신의 발이 되어주는 차를 수시로 털고 닦으며 애지중지하였다. 나는 아버지의 자동차를 '애마'라고 불렀다. 당신이 가는 길엔 늘 애마가 함께 했다고 해도 과언이 아니다. 투병 생활 중 걷는 게 힘들다면서도 독립문에서 강남 고속버스터미널 부근에 있는 병원까지 운전을 하고 다니셨다. 운전이 위험하니 택시를 타고 오라고, 집에 갈 때는 모셔다 드리겠다고 해도 들은 척도 안 하셨다. 집 앞에 차를 멀쩡히 세워두고 번거로운 짓을 왜 하느냐는 것이다. 나는 기력이 약한 몸으로 운전을 하는 아버지를 볼 때마다 가슴이 조마조마하였다. 아버지의 차를 타고 오는 엄마도, 그것을 지켜보는 나도 아버지의 고집을 꺾을 수 없었다.

아버지의 전화를 받았다. 공주 선산을 들렀다가 부산 외할아버지, 외할머니 묘소를 다녀와야겠는데 같이 갈 수 있겠냐고 물었다. 공주까지는 갈 수 있는데 부산까지 장거리 운전은 자신이 없다는 것이다.

다음 날, 아버지가 운전하는 차를 타고 선산으로 향했다. 천안 논산 간 고속도로를 타고 달리다 정안 IC로 빠져나와 금강대교 앞에서 우측으로 방향을 틀어 달리다 보면 고향이 코 앞이다. 옹기종기 모여있는 정겨운 마을을 지나 저수지 위에 자리한 선산 앞에 차를 세웠다.

그간 시간이 날 때마다 아버지는 고향으로 차를 몰았다. 여기저기 흩어져 있는 산소들을 한 곳으로 옮기는 작업을 진행하고 있었기 때문이다. 그 일을 당신 생전에 마쳐야 할 과업이라고 생각했다. 있는 돈 없는 돈 긁어모아 새로 조성한 묘가 2단으로 단정하게 자리 잡고 있다. 선산의 관리는 이제 사촌오빠들과 동생의 몫으로 남았다. 아버지는 당신 할 일을 다 했다고 생각하시는 듯 가벼운 걸음으로 잔디를 살피고 산소를 둘러보았다.

선산에서 내려오자 아버지는 내게 운전을 맡기고 운전석 옆에 앉아 눈을 감으셨다. 부산을 향해 달리는 자동차 안은 조용했다. 옆에 앉은 아버지는 내내 졸고, 뒤에 앉은 엄마는 말없이 창밖만 바라보고 있었다. 어둑어둑 해 질 무렵 부산에 도착했다.

다음 날 아침, 부산 시립공원묘지에서 아버지의 기억을 더듬어 외조부모 묘를 찾는 일은 한참의 시간이 필요했다. 비석이 한쪽으로 약간 기울어지고 잡초가 무성한 산소 앞에 간단한 제수를 차려놓고 절을 했다. 아버지는 산소 주변의 잡초를 손질하며 혼잣말처럼 말씀하셨다.

"장인 장모님, 제가 찾아뵙는 건 이번이 마지막일 것 같습니다. 편히 계세요."

상에 올렸던 과일을 깎으며 엄마가 들려준 이야기는 이러했다. 생전의 외조부모님은 금슬이 아주 좋으셨다. 두 분은 부산 사는 큰아들 집으로 들어가게 되었는데 그때 집과 전답을 처분한 돈을 전부 막내아들에게 결혼자금으로 주셨다. 당시 엄마는 무척 섭섭했지만 내색하진 못했다. 할머니께서 막내아들이 결혼할 때까지 밥해 주겠다며 다시 올라오셨다. 우리 이웃에서

삼촌과 단출하게 사시던 할머니는 옆집으로 이사 온 사람이 건네준 이사떡을 드시고 체하여 사흘을 앓다 돌아가셨다.

그 소식을 접한 할아버지는, 멀쩡한 사람 데려가서 송장을 만들어 보내냐며 절대 못 받는다고 노발대발하셨다. 그러나 우려했던 것과 달리 부산에 도착해 보니 할아버지는 장례 준비를 다 마쳐 놓고 계셨다. 영구차가 도착할 때까지 할아버지는 옥상에서 서울 방향을 바라보며 그렇게 서럽게 우셨다고 한다. 나는 외할머니에 대한 기억이 조금 있을 뿐, 외할아버지에 대한 기억은 별로 없다. 자손들이 생전에 다정하셨던 두 분이 서로 왕래하라는 의미로 무덤 사이에 통로를 만들어 놓았다고 한다. 두 분이 얼마나 다정했으면 자손들이 그런 생각을 했을까 싶다.

아버지는 부산 시내를 운전하셨다. 자갈치 시장을 둘러보고, 점심을 먹고 서울로 올라올 때 아버지의 손때 묻은 운전대가 다시 내 손으로 넘어왔다.

나는 도로 위를 달리는 자동차를 보며 가끔 이런 생각을 한다. 지금 달리고 있는 저 자동차 중에, 우리 아버지처럼 쇠약한 몸으로 걷는 것보다 운전하는 것이 편하다고 운전대를 잡고 있는 사람이 있겠지.

운전 중에 건강상의 문제로 위험에 직면하는 경우를 종종 접하게 된다. 자동차는 편리하기도 하지만 사고를 당하면 흉기가 된다. 문득 생각해 본다. 우리나라는 운전을 금지하는 나이가 있는가. 아니면 스스로 운전대에서 물러나기만을 기다리고 있는 것인가.

그동안 수없이 많은 곳을 누비며 돌아다녔을 아버지와 애마, 즐겁기도 했겠지만 고단하기도 했을 것 같다. 얼마 전 아버지는 편안한 안식에 드셨다.

# 잠이 오지 않는 밤에

텔레비전의 시끄러운 소리에도 아랑곳없이 어머니는 낮잠에 빠져 계신다. 화면을 향해 모로 누운 몸이 더욱더 작게 느껴진다. 주름이 가득 한 얼굴을 반쯤 가리고 있는 백발이 오늘따라 눈부시다.

베란다 창밖으로 종합운동장이 훤히 내려다보인다. 영하를 밑도는 날씨지만, 많은 사람들이 일정한 속도를 유지하며 트랙을 돌고 있다. 당뇨를 앓고 계신 어머니도 저 운동장에서 걷기 운동을 하신다. 처음 시작할 당시만 해도 열 바퀴씩 돌았는데, 지금은 많게는 다섯 바퀴 적게는 세 바퀴를 돌고 오신다.

나는 시댁과 친정을 수시로 들락거린다. 내 편한 일정에 따르다 보니 연락도 없이 불쑥 찾아가는 날이 많다. 그럴 때면 늘 집이 비어 있었다. 친정엄마는 친구를 만나는 일이나, 산책 겸

운동 등으로 집을 비웠고, 시어머니는 경로당을 내 집 드나들듯 하느라 집을 비웠다. 어머니는 노인정에서 나이가 제일 많다. 남편은 가끔 택배로 고향의 특산물인 고흥 유자 막걸리와 가오리를 노인정으로 보내주었다. 달달한 유자 막걸리는 노인들에게 인기 만점이었다. 경로당 문이 굳게 닫힌 요즘, 모든 노인은 집안의 붙박이가 되어 창살 없는 감옥살이를 하고 있다.

어머니 집 이웃들이 모두 이사를 갔다. 내 집 드나들듯 수시로 드나들던 옆집 아줌마, 잠시 잠깐씩 아기를 맡기며 살갑게 챙겨 주던 새댁이 떠나고, 새로 이사 온 사람들은 젊은 맞벌이 부부들이다. 그 집 문들은 늘 굳게 닫혀있다. 문 앞에는 택배 물건만 쌓여 있다. 어머니의 집은 섬이 되었다.

영화 〈밤에 우리 영혼은〉을 보면서 여주인공 애디의 발상이 발칙하다는 생각이 들었다. 홀로 사는 그녀는 잠이 오지 않는 매일 밤을 힘겹게 보낸다. 그러던 어느 날 이웃에 사는 홀아비 루이스를 찾아간다. 그녀는 루이스에게 잠이 오지 않는 끔찍한 밤을 함께 지내자는 제안을 한다. 이후 루이스는 저녁이면 잠옷을 챙겨 들고 애디의 집으로 향한다. 그 생활은 오래가지 못한다. 애디가 혼자 아이를 키우는 아들을 돕기위해 이사를 가게 되었기 때문이다. 그것으로 둘의 관계가 끝나는 듯하더니, 아들 집에서 생활하던 애디가 어느 날 잠자리에 들면서 루이스에게 전화를 한다. 그리고 두 영혼은 다시 잠이 오지 않는 밤을 함께 한다.

어머니의 일상은 TV와 함께한다. 하루종일 친구삼아 지내신다. 잠잘 때도 자장가 삼아 켜놓는다. 언제부턴가 중얼중얼 혼자 말씀을 하신다. 사람이 옆에 있으면 TV 시청 내용과 무관한 당신 이야기를 하고, 말 상대가 없으면 자막을 읽는다. 왜 그러신가 했더니 노인정을 방문했던 보건소 직원이 한 말 때문이었다. 치매에 걸리지 않으려면 끊임없이 말을 하며 살아야 한다고 했다는 것이다. 치매에 안 걸리려고 노력하는 어머니 모습은 치매를 연상시키기도 한다.

노래를 좋아하는 어머니께 효도 라디오를 사다 드렸더니 TV를 끄고 노래 가사 외우는데 정신을 쏟으셨다. 지난 여름밤에는 에어컨 바람보다 밖에서 들어오는 바람이 시원하다고 베란다에 자리를 깔고 주무셨다. 한 번 깬 잠이 다시 오지 않자 흥얼흥얼 노래를 부르셨던가 보다. 이튿날 경비실 아저씨가 찾아와 이웃 주민이 신고를 했다며 밤중에 노래를 부르지 말라고 주의를 주었다. 잠자리에 들면 보청기를 빼고 주무시는 당신 귀에는 들리지 않았을지 모르지만, 그 소리는 이웃 누군가의 잠을 방해하는 요인이었다.

"어머니, 밤에 어떻게 주무시려고 낮잠을 주무세요?"

"왔냐? 어제 저녁잠이 안 와서 뜬눈으로 새웠더니 잠이 쏟아지는구나."

매번 같은 물음에 같은 대답이다. 수면제를 권해보았지만 싫다고 하시니 방법이 없다. 어서 빨리 창살 없는 감옥에서 벗어나길 바랄 뿐이다.

어머니의 말씀이 시작된다. 녹음테이프를 틀어 놓은 듯 매번 똑같은 이야기가 꼬리에 꼬리를 문다. 한 귀로 듣고 한 귀로 흘려들어도 머리가 지끈거리는 듯하다. 나의 마음은 콩밭을 달린다. 연신 시계를 들여다보게 된다. 끝날 듯 끝나지 않는 이야기는 아리랑고개를 잘도 넘어간다. 자리에서 일어서야 했다.

"왜? 벌써 가려고?"

"애 데리러 어린이집 가야 해요."

고층 아파트의 긴 복도로 달려드는 거센 바람이 옷깃을 여미게 한다. 현관문을 빼꼼히 열고 내다보시는 어머니. 낮잠을 주무셨으니 오늘 밤은 또 어찌 보내시려나.

# 나의 꽃이 저기 위에서, 나를

캠핑장 주변을 둘러본다. 나무들이 어린것으로 보아 조성된 지가 오래되지 않은 것 같다. 장점이라면 마을에서 운영하는 곳이라 시설이 깨끗하다는 것이다.

우리가 들어갈 자리는 아직 철수 전이다. 주차장 입구 한 편에 아름드리나무 한 그루가 짙은 그늘을 드리고 있다. 아침을 못 먹고 나온 터라 나무 그늘에 자리를 깔고 아침상을 차리기 시작했다. 친정엄마가 가방에서 무언가를 주섬주섬 꺼내더니 미역 오이냉국을 뚝딱 만들어 냈다.

"나이 들면 국물이 있어야 밥이 목으로 넘어간다."

친정엄마는 여행 짐 싸는 데 일가견이 있다. 몇 해 전 딸과 함께 친정엄마를 모시고 제주도 올레길을 걸었다. 언제가 될지 모르겠지만 제주도 올레길을 완주할 요량으로 1, 1-1, 2코스를 걷기로 했다. 시흥초등학교 앞에서부터 시작하여 귤밭, 당근밭, 무밭 등을 지나고 오름을 오르내렸다. 엄마의 걸음에 맞추다 보니 놀멍 쉬멍 걸었는데 숙소에 들면 엄마는 씻고 자리에 눕기가 바쁘게 잠이 들었다. 딸과 TV를 켜놓고 떠들어도 미동도 없었다.

다음날은 체력을 아껴야 할 것 같아서 우도에서는 버스를 타고 우도봉 아래에 있는 검멀레 해수욕장까지 갔다. 점심을 물회로 먹고 바닷가로 내려가 산책을 한 후 환상의 보트를 탔다. 길을 걸으며 느끼던 감성과 다른 즐거움으로 환호성이 터져 나왔다. 엄마는 우도에서 먹은 물회와 광치기 해변을 걷기 전에 먹은 갈치 조림을 두고두고 최고의 맛으로 꼽았다. 제주 여행을 하면서 엄마의 작은 배낭에서는 먹거리가 야금야금 끊임없이 나왔다. 엄마의 배낭은 화수분 같았다.

몇 해 전 홀로 된 친정엄마를 우리 집 주변으로 모시고, 여름휴가를 같이 보내고 있다. 올해는 계획했던 곳을 예약하지 못해 오토캠핑을 하게 되었다. 엄마는 아버지랑 여행하면서 텐트에서도 많이 자봤다고 큰소리를 쳤다. 하지만 막상 와보니 불편했던가 보다. 다음엔 못 따라오겠다고 한다. 그동안 나이가 많이 드신 게다.

모두가 단잠에 빠진 깊은 시간, 나는 홀로 잠 못 이루고 별바라기를 하고 있다. 밤이 깊을수록 별은 총총하다. 오늘 밤 엄마는 어떤 꿈을 꾸게 될까. 아버지와 함께했던 여행지를 배회할까.

친정 부모님이 여행을 다니기 시작한 것이 언제부터였을까. 임진각을 다녀온 이후였을 것 같다. 살가웠던 여동생이 젊은 나이에 세상을 떠나자 엄마 눈에선 눈물이 마를 날이 없었다. 동생의 몸은 땅에 묻혔지만, 엄마의 가슴엔 여전히 살아있었다. 엄마와 어떤 대화를 하던 끝은 늘 동생 이야기로 귀결되어 눈물을 쏟아냈다. 그것은 시간이 흘러도 좀처럼 나아지지 않았다. 자식 잃은 슬픔이 아버지라고 없었을까마는 아버지는 의연하였다.

어느 날 아버지는 엄마를 차에 태우고 임진각으로 향했다. 그곳은 실향민들이 두고 온 고향을 그리며 눈물짓는 곳 아니던가. 아버지는 인적도 차량도 뜸한 넓은 주차장 한가운데 차를 세우고, 엄마에게 원도 한도 없게 실컷 울라고 하였다. 그리고 오늘 이후로는 눈물 같은 건 절대 보이지 말라고 신신당부하였다. 엄마의 눈물은 멈출 줄 몰랐고, 아버지는 먼 산을 바라보며 오열하는 엄마의 울음소리를 오래도록 듣고 있었다.

그 이후였을 것이다. 쉬는 날이면 아버지는 엄마를 반강제적으로 차에 태우고 여행을 다니기 시작했다. 그것은 가까운 뒷산을 시작으로 백령도, 울릉도, 금강산 등 먼 곳까지 이어졌다.

아버지의 꿈은 캐러밴을 타고 경치 좋은 전국 곳곳을 누비며 사는 것이었다. 그러나 급성으로 찾아온 병마에 힘없이 쓰러져 그 소망을 이루지 못하고 여동생 곁으로 떠나셨다.

엄마 마음속엔 아버지와 함께한 여행의 추억들이 가득 남아 있다.

"네 아버지랑 거기 갔을 때는…"

"네 아버지랑 여기 왔을 때는…"

"이제 누가 날 그렇게 데리고 다니겠냐."

밤하늘의 별을 볼 때마다 어린 시절에 들었던 이야기가 생각난다. 사람이 죽으면 별로 다시 태어난다고 했다. 그 이야기를 믿어서라기보다 별을 보면 왠지 사랑했던 사람들이 나를 내려다보고 있을 것 같은 생각이 든다. 말하지 않아도 내 마음을 헤아려줄 것만 같다.

수없이 많은 별들 중 어딘가에는 분명 한 송이 꽃이 피어있을 것이다. 그 꽃을 사랑하는 사람은 별을 올려다보는 것만으로도 충분히 행복해질 수 있다. 그는 자기 자신에게 이렇게 말할 것이다.

"나의 꽃이 저기 위에서 나를 내려다보고 있겠지."

–〈어린 왕자〉

## 자유, 그 꿈꾸는 날개

이미 잠은 깼다. 그러나 일어날 수가 없다. 이불 속에서 이리 뒤척 저리 뒤척이며 시간을 확인하고 다시 눈을 감는다. 잠깐씩 잠이 들었다 깨기를 반복할 때마다 시간을 확인한다. 시계는 8시를 향하고 있다. 평상시 같으면 아침을 먹을 시간이다. 창문에 쳐진 암막커튼으로 실내는 아직 어둠에 싸여 있다. 시간을 확인하지 않으면 날이 밝은 줄도 모르겠다. 일행들의 잠을 방해하지 않으려면 나는 조용히 버텨야 한다. 그러나 나는 더 이상 참지 못하고 일어나 살그머니 밖으로 나간다.

알싸하니 차가운 아침공기가 상큼하다. 아침 햇살에 빛나는 주택가 골목길은 아늑하고 평화롭다. 나는 지금 가족을 위해 내 몸을 부리지 않아도 되고, 타인을 배려하기 위해 나를 통제하지 않아도 된다. 내 몸과 마음은 온전히 나를 위해 존재한다.

나는 자유인이다. 날아갈 듯 기분이 좋다. 멀리 한라산 정상은 흰눈에 덮여 있지만 이곳은 매화꽃이 꽃망울을 터뜨리기 시작하는 봄의 문턱이다.

이불을 박차고 나오길 잘했다. 지난 사흘간 나는 아침마다 이불 속에서 A와 B가 일어날 때까지 숨죽이고 있었다. 첫날 B가 나 때문에 잠을 제대로 못자서 초췌한 모습으로 하루를 보냈다. 이후 나는 자숙하는 마음으로 아침에 깨어서도 이불속에서 그들이 일어나길 숨죽여 기다렸다. 그리고 그들의 잠을 내가 방해하지 않았다는 것을 확인하고서야 안심을 하였다. 사흘간 이불속에서 답답하고 지루한 시간을 보내면서, 오래전 시부모님이 우리 집에 기거하실 때 이처럼 지루한 아침 시간을 보내셨겠다는 생각을 했다.

사업체를 운영하던 시누이 남편이 갑작스럽게 세상을 떠나자 빚정리를 해야 하는 상황에 몰렸다. 형제들이 모여 논의한 끝에 방배동에 살던 시부모님의 아파트를 팔아 정리하기로 했다. 그리고 내 의사와 상관없이 두분을 내가 모시게 됐다. 직장생활을 하지 않는다는 이유에서 였을 것이다. 그 당시 나는 여동생을 잃은 슬픔과 함께 몸도 마음도 지쳐 있었다. 여동생이 위 항암치료를 받아야 했기에 우리집 옆으로 이사를 시키고, 네살된 막내 아들과 세살, 다섯살된 두 조카를 건사하며 두 집

살림을 했다. 그러나 동생은 고생한 보람도 없이 어린 것들을 남겨두고 저 세상으로 떠났다. 가을에 동생을 보내고 그 해 겨울 시부모님을 모셔야 하는 일이 내게 주어졌던 것이다. 형제가 여럿이나 되는 시댁 일까지 내 몫으로 돌아오는 것이 마뜩잖았다. 집에서 바라보는 창밖 세상은 평화로워 보였다. 나는 새처럼 바람처럼 어디론가 자유롭게 날아가고 싶었다. 27평 아파트에 3대가 살아야 하는 불편한 동거는 6개월을 넘기지 못했다. 시부모님은 엎어지면 코 닿을 거리로 이사를 하셨다. 이불 속에 갇혀 생각해 보니 당시 두 분도 이렇게 불편한 생활을 하고 계셨으리라는 생각이 든다. 그 시절 나는 가족들에게 배려받지 못하는 삶을 살고 있다고 생각하고 있었다. 마음 속에 여유가 들어앉을 자리가 없었다. 깨달음은 왜 늘 이렇게 뒤늦게 찾아오는 것일까.

제주에 내려와 처음 한 것은 올레길 5코스인 남원에서 쇠소깍까지 걷는 일이었다. 택시를 불러 남원포구로 향했다. 그곳에서 쇠소깍까지 걸으면서 다양한 모습의 아름다운 길과 만났다. 종착지인 쇠소깍은 용암이 흘러내리면서 굳어져 형성된 계곡 같은 골짜기로 아름다운 비경이 숨겨져있다. 그곳에서 다시 숙소까지 동네 골목 골목을 누비며 걸었다. 다양한 모습을 하고 있는 집들은 집주인의 마음을 닮았으리라. 현무암 돌담에 다유기를 키우는 집들이 많이 보였다. 어느 집은 다육이가 골목길의 긴 담장과 집안 마당 전체를 덮고 있었다. 도대체 얼마 동안 키웠기에 다육이 궁전이 되었을까. 담장 넘어로 탐스러운 황금빛 밀감이 주렁주렁 달려있는 모습은 흔한 것이었다.

버킷리스트로 '제주에서 한 달 살기'를 하는 A 덕분에 나는 B와 함께 이곳에서 일주일을 지내게 되었다. 나에게 버킷리스트가 있었던가. 한 번도 생각해 본 적이 없다. 나는 기회가 되는 대로 해볼 수 있는 것은 해보고, 이런저런 이유로 그만두곤 했다. 남편의 권유로 처음 시작한 것이 테니스였다. 큰 딸을 유치원에 보내고 둘째 딸을 데리고 테니스를 배우러다녔다. 아이를 데리고 레슨을 받으러 다니는 일은 삼 개월을 넘기지 못했다. 새벽시간을 이용하여 수영을 배우러 다니는 것은 아침준비하는 것이 힘들어서 접형을 배우는 단계에서 포기했다. 골프는 몸에서 힘을 빼는 것을 못해서 진도가 지지부진하니 재미가 없어서 그만두었다. 그외 여건이 되는 대로 이것저것 해보다 그만두었다. 그러다보니 남 앞에 내세울 만한 것이 하나도 없다. 그러나 답사로 시작한 여행으로 즐거움을 누리고, 셋째를 임신했을 때 시작한 운전이 지금까지 요긴하게 쓰이고 있으니 소득이 전혀 없다고 할 수는 없다.

'버킷리스트' 하면 잭 니콜슨과 모건 프리드먼이 출연한 영화가 떠오른다. 헌신적으로 살아온 정비사 '카터'(모건 프리드먼)와 자수성가하였으나 괴팍한 성격으로 주변에 사람이 없는 백만장자 '잭'(잭 니콜슨)의 공통점은, 둘 다 앞만 보고 달려온 인생이라는 것과 삶이 얼마 남지 않았다는 것이다. 영화는 인생의 기쁨을 찾기 위해서 늦은 때란 없다는 것을 말해준다. 나이 들어서 가장 많이 후회하는 것이, 살면서 한 일이 아니라, 하지 않은 일이라고 한다. 나에게도 아직 하지 않은 일들이 많다. 하지만 이제 나는 하고 싶은 일보다, 하고 싶지 않은 일부터 써봐야겠다는 생각을 한다.

햇볕이 좀 따뜻해진 듯 싶다. 새소리를 들으며 걷는 발걸음이 가볍다. 늘 행복할 수는 없지만 소소한 것에서 행복을 찾을 수는 있다. 찬란한 아침이 달콤하다.

# 나를 찾아가는 여정

## -오송례의 작품 세계

**한혜경**
명지전문대 교수, 문학평론가, 수필가

## 1. 삶의 무게를 풀어내는 글쓰기

한 편의 글이 주는 감동은 어디에서 올까?

아마도, 오랜 연륜에서 우러나오는 다양한 경험과 깊이 있는 시각에서 얻는 깨달음, 또는 탁월한 문체나 기법을 마주했을 때의 감탄, 참신한 소재와 새로운 시도가 불러일으키는 신선함 등을 꼽을 수 있으리라.

그렇다면 글을 많이 쓰지 않았고 기술적 숙련이 높은 단계에 이르지 않은 경우, 감동을 주기 어려울까? 오송례의 글은 그렇지 않다고 말한다. 기술적 완성도가 높지 않음에도 충분히 감동을 줄 수 있다고, 위안을 줄 수 있다고 말한다.

오송례 수필집 ≪나를 꿈꾸는 나≫는 작가의 첫 수필집으로,

[프롤로그]에서 작가는 '남 앞에 드러낼 만한 지식도, 풍부한 경험도, 뛰어난 글재주'도 없음을 고백한다. 그럼에도 그의 글은 묵직하게 독자의 마음을 건드린다. 그 까닭은 그가 짊어지고 살아온 삶의 무게에 숨어 있다고 할 수 있다.

청소년기의 결핍과 어두운 기억, 결혼 후 홀로 떠안게 된 짐, 불청객처럼 찾아온 우울과 자기연민, 열등의식들로 점철된 시간을 가감 없이 펼쳐냄으로써, 그리고 독서모임과 여행을 통해 조금씩 세상으로 나아가면서 겪는 변화와 온전한 자신을 찾기 위한 노력 등을 진솔하게 표현함으로써, 삶이 부과하는 무거움에 대해 생각하게 하는 한편, 그 무게에 짓눌리지 않고 벗어나려는 의지에 응원을 보내게 한다. 곧 그의 글들은 외면하고 싶은 과거를 더 이상 피하지 않고 대면함으로써 진정한 '자유인'으로 비상하는 여정의 기록이라 할 수 있다.

선택하지 않은 것들이 자신 몫의 일로 주어져도 묵묵히 감당해왔던 지난날을 뒤로 하고, 이제 더 이상의 짐은 사양하며([꽃도 짐이다]), 자신의 몸과 마음이 "온전히 나를 위해서 존재한다"는 ([자유, 그 꿈꾸는 날개]) 사실을 깨닫는 모습은 감동적이면서 통쾌함을 선사한다. 새가  알을 깨고 날아오르는 순간이며, 미운 오리새끼가 눈부신 백조로 탈바꿈하는 순간이 아닐 수 없다.

## 2. '잿빛'의 시간 - 지우고 싶은 나

오송례가 살아온 삶은 평탄함과는 거리가 멀다.

그의 청소년기는 '잿빛'의 시간이다. ([침묵의 시간]) 아버지의 사업 실패로 어린 소녀가 감당하기 어려운 가혹한 시간이 시작되는데, 집안 곳곳에 빨간 차압 딱지가 덕지덕지 붙고, 6식구가 단칸방에서 지내며, 겨울이면 방안 벽면에 피어나던 성에를 긁던, 아버지 대신 생계를 책임진 어머니의 불평과 울음이 끊이지 않던 나날들로 묘사되고 있다.

이러한 상황에서 결혼은 탈출구로 보일 수밖에 없다. 그러나 막상 결혼해보니 '또 다른 삶의 시작'으로, 새로운 짐들이 추가될 뿐이다. 연애시절 '유리온실의 화초'처럼 보호해주겠다던 남편은 아내를 '일 잘하는 황소'로 알 뿐, ([칼을 가는 여자]) 그 수고를 전혀 헤아릴 줄 모른다. 화목한 가정풍경이 아내의 끝없는 노동으로 유지되는 것임을 감지하지 못하는 것이다.

남편은 차남임에도 장남이 거부하는 제사를 선뜻 맡고, 부모를 모시겠다고 하며, 다른 사람들에게 나눠주고 인심 쓰는 것을 좋아한다. 집 밖에서는 효자이며 호인으로 평가받겠지만, "당신 손으로 하는 게 하나도 없었"던 시아버지를 닮아 "집안일은 자신의 몫이 아니라고 생각한다."([꽃도 짐이다]) 자식들에게 맛있는 음식 먹이는 것을 사랑으로 표현하는 것도 닮아서 온갖 수산물을 배달시켜 매주 자식들을 먹인다. 그 모든 재료를 손질하고 요리하고 치우는 '뒤치다꺼리'는 오로지 작가의 몫이다.[1)]

이 장면은 사실 가부장제 사회에서 흔히 볼 수 있는 풍경이다. 조선 후기 강화된 가부장제는 오랜 기간 우리 사회에 큰 영향을 끼쳐왔으므로, 남성 중심적 사고의 잔재가 여전히 존재하고 있다. 작가를 비롯한 많은 여성들이 별다른 저항 없이, 혹은 불만이 있어도 참고, 남편 중심으로 살아가는 것이 그 예이다.[2)]

이처럼 여성에게 순응적 태도를 요구하는 분위기에서 착한

---

1) 이에 대한 남편의 생각은 "그까짓 게 뭐 힘들다고 그래?"로 나타난다.

2) 작가가 남편을 우선으로 하는 모습은 여러 장면에서 나타난다. 여행 중 퍼레이드 때문에 일행과 떨어지게 되는데, 자신의 잘못이 아님에도 불구하고 "마땅찮을 표정을 하고 있을 남편을 생각하니 마음이 무겁다."고 느낀다. ([내 인생에 파이팅을 외친다]) 또 "출근해야 하는 남편의 잠을 설치게 할세라 조바심을 치며 지새운 밤들이 까마득하게 느껴진다."고 묘사한 장면에서 한밤중 보채는 아이를 업고 혼자 애쓰는 모습을 볼 수 있다. ([쓸쓸하지만 따뜻한 시선]) 결혼 후 막내 동생이 베제트병으로 시력을 잃고 여동생이 어린 남매를 두고 암으로 세상을 뜨는데, 이런 친정일에 대해서 혼자 감당해야 하는 '나만의 통증'이라고 표현한다. 곧 남편이 친정일에 관여하지 않는 것이 당연하다는 생각을 드러낸다. ([침묵의 시간])

여자 콤플렉스가 생기는 것은 자연스러운 현상이라 할 수 있다. 윌리엄 페즐러에 따르면, 착한 여자 콤플렉스란 '남의 눈을 의식해 착한 여자라는 칭찬을 받고 싶어서 남을 위해 자신의 욕망을 희생하려는 심리상태'를 뜻한다. 작가가 가족을 위해, 또 타인을 배려하기 위해 자신의 욕망은 늘 뒷전으로 보내는 것과 일치한다. 그러다 보니 '폭죽처럼 터지는 일복'이 주어진 것이며, ([터진다 터져]) 그 결과, "건강하고 씩씩하게" 보이는 겉모습과 달리([칼을 가는 여자]) 내면에는 상처와 외로움이 차곡차곡 쌓이고 있던 것이다.

## 3. 잿빛의 삶에 색을 입히다 - 꿈꾸는 나

몸도 마음도 지친 상태에 이르러, 작가는 그동안의 삶을 진단하고 변화를 모색하기 시작한다. 이때 여행과 독서모임, 글쓰기는 작가의 변화를 이끄는 중요한 요소들이다. 곧 잿빛이었던 삶이 색을 입기 시작하는 것이다.

여행은 삶의 무게를 잠시 잊게 하는 역할을 하면서 인식의 변화를 겪게도 한다. 여행지의 다양한 풍광과 풍속, 예술작품을 접하면서 아버지를 비롯한 가족에 대해서, 또 지나온 시간에 대해서 되돌아보기 때문이다.

특히 오랫동안 원망의 대상이면서 거부하고 싶은 존재였던 아버지를 받아들이는 중요한 터닝포인트를 맞는다. 이집트 사막을 여행하면서 오래전 사우디아라비아에서 일했던 아버지를 떠올리고, '가장으로 짊어져야 했던 삶의 무게'와 '열사의 나라에서 겪었을 고단함과 외로움'을 비로소 이해한다. 가난에서 벗어나지 못하는 까닭이 아버지의 노력 부족이라고 여겼던 그동안의 생각을 수정하고, '가난을 벗어나는 것이 한 개인의 능력과 노력만으로 되는 것이 아니라는 것'을 깨닫기에 이른다.([사막의 열기 속에서])

또 나오시마에서 봤던 제임스 터렐의 작품을 뮤지엄 산에서 마주하면서 같은 작가의 작품이 설치 장소에 따라 다르게 보여지는 것을 경험한다. 마찬가지로 '삶도 주변환경에 의해 다른 모습으로 보여질 수 있겠다는 생각'에 이르고, 아버지에 대한 어두운 기억이 삶에 지친 엄마의 시선에 자신의 왜곡된 감정이 덧붙여진 시선으로 바라본 것이었음을 인식하게 된다. 한참 시간이 지난 후 꺼내보니, 아무 일도 아니었고 예민한 사춘기에 자신이 만든 허상이었을 뿐이라는 결론에 도달함으로써, 비로소 아버지에 대한 어두운 기억에서 빠져나오는 것이다.([사랑을 찾습니다])

우연히 참가하게 된 독서모임은 따뜻한 배려가 넘치는 곳이지만, 초반에 작가는 적응하지 못한다. '엄청난 열정'에 '폭넓은 지식'을 가지고 있는 다른 사람들에 비해 자신은 '얄팍한 지식' 뿐 특별히 내세울 것이 없으며 말주변도 없고 할 말도 없는 터라, 위축될 수밖에 없었기 때문이다.[3] 타인의 시선을 의식할 필요가 없어 혼자 있는 시간을 편안해하던 성격임을 감안할 때, 이러한 두려움은 당연한 반응이라 할 수 있다. 그래서 모임에서 벗어나고자 시도하지만, 회원들의 꾸준한 연락으로 4년 후 다시 참여하게 된다.

이후 문학을 공부하고 여러 곳을 여행하고, 총무와 회장일도 맡으면서 작가는 다양한 경험을 한다. 그 결과, 독서모임은 '다른 세상에도 눈뜨게 하는 촉매제 역할'을 하며 삶에 힘이 되는 '끈'이 된다. ([끈])

그리고 이 모든 경험들은 작가가 자신을 돌아보게 되는 지렛대로 작용한다. "자신의 열등감을 인정하고 싶지 않은 무의식

---

3) 말이 없어서 '말 없는 사람' '크레믈린'으로 불리고, 장기자랑 시간이면 시킬까 봐 불안해하고, 내 모습이 어떻게 비칠지 타인의 시선을 의식하던 작가에게 다른 사람들과의 만남은 자신의 초라함을 확인시키는 일이었다. 다른 사람들은 자신과는 다른 세계를 살아가는 특별한 이들로 보이므로 이들에 대해 부러움과 시샘을 느끼는 동시에 자신에 대해서는 처량함을 느낀다. 이러한 심경은 이들을 '팔자 좋은 마나님'([사진찍기 수난시대]) '공주' 등([칼을 가는 여자])으로 표현하는 것에서 잘 드러난다.

이 사람들의 사랑을 차단시키고 있는 것은 아닌지 ([붉게 타들어간다]) 되짚어보고 이로부터 변화가 싹트기 시작한다. 더 이상 도망가지 않고 "주어진 삶을 의연하게 받아들일 힘이 있었으면 좋겠다"는 소망을 이루고자 드디어 알껍질을 깨고 나오는 것이다.

이처럼 자신의 그늘을 부정하지 않고 있는 그대로 바라보고 수용함으로써 치유가 시작된다. 그동안 자기연민에만 빠져있었으나, 글쓰기를 통해 '외면하고 싶은 과거의 기억들'과 마주한다. 수면 위로 떠오르는 어두운 기억 때문에 글쓰기가 힘들었던 시기를 지나자, "한없이 부끄럽고 무겁게 느껴지던 지난 삶이 평범한 일상처럼 느껴지는" 변화를 체험하기에 이른다. ([프롤로그]) 비로소 과거에서 자유로워진 것이다.

그리하여 무거운 짐과 상처로 응어리진 삶에서 벗어나 새롭게 도약하려는 의지를 다지며 작가는 다음과 같이 결단한다.

> 내가 선택하지 않은 것들이 내 몫의 짐으로 주어지고, 마음 상하게 하는 일들은 켜켜이 쌓여 그대로 마음속 상처가 되었다. 세상 모든 일은 마음먹기 나름이라고 한다. 이제 희생을 동반하는 사랑은 사랑이 아니므로 나는 그 사랑을 거절하련다.
>
> – [꽃도 짐이다][4)]

그동안 자신의 희생으로 '사랑'이 견고할 수 있었음을 깨닫고 그 사랑을 거절한다. 꽃은 아름다운 것이지만 꽃바구니를 짊어져야 할 사람에게는 짐(삶의 무게)이다. 그러므로 "내가 짊어져야 할 꽃바구니에 더 이상의 꽃은 사양하련다."고 당당하게 선언한다.

### 4. 꿈꾸는 날개 - 온전한 나를 향해

여행 뒷풀이 장기자랑 시간에 "마이크가 내게 전해질까봐. 내가 누구냐고 물을까 봐. 나도 모르는 나를…." 조마조마해 하던 과거에서 벗어난 작가는 이제 불합리하게 부과되는 짐을 거절하는 용기와 상처를 외면할 필요 없는 성숙함과[5] 온전히 자신을 위한 자유를 지닌 자로 거듭난다.

"나는 지금 가족을 위해 내 몸을 부리지 않아도 되고, 타인을 배려하기 위해 나를 통제하지 않아도 된다. 내 몸과 마음은 온전히 나를 위해서 존재한다. 나는 자유인이다."([자유, 그 꿈꾸

---

4) 이 작품에 대한 평은 한혜경 " '살아가는 데 필요한 것'과 '살맛 나는' 세상" [계간수필] 2021 가을호 참조

5) 이제 성숙해진 작가는 상처를 외면하는 대신 상처를 덜 받는 방법을 찾기에 이른다. "마음의 품을 넓히고 사물이든 사람이든 너무 연연하지 않기로" 결심하는 것이다. ([호캉스])

는 날개])

어두운 과거, 가족과 남편으로 인한 짐들을 벗어버리고 온전히 자신만을 위한 비상을 준비하는 작가에게 힘찬 응원의 박수를 보낸다.